红色经典·青少版

★★★★★★

梅花魂·归来

陈慧瑛○著

长江出版传媒

长江文艺出版社

图书在版编目（CIP）数据

梅花魂·归来 / 陈慧瑛著. --武汉 ：长江文艺出
版社，2022.11
ISBN 978-7-5702-2608-5

Ⅰ. ①梅… Ⅱ. ①陈… Ⅲ. ①散文集－中国－当代
Ⅳ. ①I267

中国版本图书馆 CIP 数据核字(2022)第 049563 号

梅花魂·归来
MEIHUAHUN GUILAI

责任编辑：张　贝　　　　　　　　责任校对：毛季慧
封面设计：笑笑生设计·张俊锋　　　责任印制：邱　莉　杨　帆

出版：长江出版传媒 | 长江文艺出版社
地址：武汉市雄楚大街 268 号　　　邮编：430070
发行：长江文艺出版社
http://www.cjlap.com
印刷：武汉中远印务有限公司

开本：720 毫米×1010 毫米　　1/16　　　印张：10.875
版次：2022 年 11 月第 1 版　　　2022 年 11 月第 1 次印刷
字数：127 千字

定价：26.00 元

目　录

游子的歌

梅花魂

故乡的梅花又开了。

一年一度，那朵朵冷艳、缕缕幽芳，总使我想起飘零他乡、葬身异国的外祖父。

算来，自南洋一别，离开外祖父也二十来年了……

一

我出生在东南亚的星岛。回国以前，一直和外祖父住在星洲城直落亚逸街上。我妈是外祖父唯一的女儿，我是外祖父唯一的外孙女儿。外祖父对我的钟爱，那就别提了！据妈妈说，我三岁时，老人便开始为我积攒嫁妆，有人回唐山，便托人捎这捎那，从金玉首饰、文房四宝到苏州刺绣、上海绸缎、景德镇瓷器等，真是无所不有。

外祖父年轻时读了不少经、史、诗、词，又能书善画，是星岛文坛颇负盛名的文人。我两周岁起，外祖父便常常抱着我，坐在梨花木大交椅上，一遍又一遍、不厌其烦地教我读唐诗宋词。每每读到"独在异乡为异客，每逢佳节倍思亲""春草明年绿，王孙归不归""慈母手中线，游子身上衣""自在飞花轻似梦，无边丝雨细如愁"之类的句子，常有一颗两颗冰凉的泪珠，落在我的腮边、手背。这种时候，我便会拍着手笑起来："外公哭了！外公哭了！"老人总是摇摇头，长长地吁一口气，说："莺儿，你小呢，不懂！"

那时，外祖父家中有不少古玩，我偶尔摆弄，老人也不甚留意。惟独书房里那一幅老干虬枝的墨梅，他却分外爱惜，家人碰也碰不得。我五岁那年，有一回到书房玩耍，不小心给捺上了个脏手印。外祖父登时拉下脸来，我有生以来第一次听见他训斥我妈："孩子要管教好，这清白的梅花是玷污得的吗？"训罢，便用保险刀片，轻轻刮去污迹，然后用细绸子慢慢抹净了。看见慈祥的外公大发脾气，我心里又害怕又奇怪，一幅画梅，有甚稀罕呢？

那时，外祖父刚过七十大寿，却已经侨居海外经商五十来年了。老人究竟有多少财产，妈妈和我都不甚了然。但外祖父有带花园的别墅、有私家小汽车、有船头行、有"九八"行（贸易货栈）、有信局、有一眼望不到头的橡胶园，这些，我是知道的。到了我记事时，外祖父已经是当地商界屈指可数的佼佼者了。

外祖父虽出国多年，可每逢夏历除夕，都要郑重其事地朝北祭祀祖宗。放祭品的中案桌上，也总有一大束腊梅，插在青花大瓷瓶里，据说那梅花是由内地经香港空运去的。这种时候，外祖父往往要跟我们说起唐山的亲朋故旧，山川人情。说着说着，常常会忽然噤声，背剪着手，踱进房间，以至终日戚戚，不发一言。我也闹不明白，这样好的家境，老人愁什么呢？妈妈对我提过，在唐山老家，外祖父田无一垄，地无一寸，一间破瓦房，几十年前早被族中强房夷为平地。要不，他怎会漂洋渡海，远离家乡？但是，外公为什么还思念唐山哪？

二

有一天，妈妈忽然告诉我：

"莺儿，我们返唐山去！"

"干吗要回去呢？"

"那儿才是我们的祖国呀！"

哦！祖国，就是那地图上像一片枫叶，像一只金鸡的地方吗？就是那拥有长江、黄河、万里长城，还有天堂一般的苏、杭，还有住着我的亲奶奶的白鹭之乡的国土吗？

我欢呼起来！小小的心，充满了欢乐。

可是，我马上想起了外祖父、我亲爱的外祖父：

"外公走吗？"

"外公年纪太大了!"

"外公让我们走吗?"

妈妈背过脸去,没作声……

我跑进外祖父的书房,看见老人躺在藤沙发上。我说:

"外公,你也回祖国去吧?!"

想不到外公竟像小孩一样呜呜地哭起来了……

离别的前一天早上,外祖父早早地起了床,把我叫到书房去,
郑重地递给我一卷白杭绸包起的东西。我打开一看,原来是那幅
墨梅:

"外公，这不是你最宝贝的画吗?"

"是啊，莺儿，你要好好保存。这梅花，是我们中国的国花。旁的花儿，大抵是春暖花才开。她却不一样，愈是寒冷，愈是风欺雪压，花儿便开得愈精神、愈秀气。她是最有品格、有灵魂、有骨气的呢!几千年来，我们中华民族出了许多有气节的人物，他们不管历尽多少磨难、受到怎样的欺凌，从来都是顶天立地，从来不肯低头折节。他们，就像这梅花一样。一个中国人，无论在怎样的境遇里，总要有梅花的秉性才好。"

停了一息，老人又说:

"唐山解放了，我却垂垂老矣!回国回乡的心愿，只能让你们去完成了!莺儿，将来长大了，第一要读好书，报效国家，第二要孝顺你妈。这是我们国人的忠孝之道，你要记住!"

我忙点头，怕老人又哭。

回国那一天，正是元旦，热带是无所谓隆冬的，但腊月天气，毕竟也凉飕飕的。外祖父把我们送到码头，妈妈抽泣着;我拉住外祖父的手，大声地哭着。外祖父俯下身来，给我披了件法兰绒外套，不知说了句什么，大概是想安慰我，无声的泪，却顺着他两颊的皱纹，弯弯曲曲地流下来……赤道上的风，吹乱了老人平日梳理得整整齐齐的银发，我觉得外祖父一下子衰老了许多……

妈妈终于狠下心来，拉着我登上了"万福顺"大客轮。泪眼蒙眬的外祖父，又亲自赶上船来，递给我一块手绢——一色雪白的细亚麻布，绣着血色梅花……

当年的我，还过于稚嫩，并不懂得，我带走的，岂止是我慈爱的外祖父珍藏的一幅丹青、几朵血梅？我带走的，是一颗异国华侨老人的赤子心哪！

三

七天七夜的航行，"万福顺"号穿过了深邃辽阔的太平洋。我和妈妈终于回到了日夜向往的祖国，回到了厦门——我可爱的故乡！

在祖国的怀抱里，我受完了高等教育。上学期间，外祖父一直在经济上支持我。十来年间，老人来信时常要提起："莺儿，待你学有所成，一定前来接我归去！"

可是，天不从人愿。我上大学三年级时，一个冬日午后，一封加急电报，带来外祖父离开人间的噩耗——真没想到，昔日星岛码头一别，竟成永诀。重洋万里，冥路茫茫，妈妈和我，真是悲恸欲绝。

接到电报数日后，海外的舅舅寄来了《南洋商报》《星洲日报》等好几种报纸。这些报纸都登有讣告，还发表了南洋商界、学界悼念外祖父的文章，表彰外祖父这位"南洋商界巨子、文坛将星、知名爱国华侨"抗日战争时期为国热心捐款；中华人民共和国成立后，为发展家乡教育、卫生事业，不惜慷慨解囊，等等，并盛赞老人热爱祖国文明，宣扬民族教化，高风亮节有如寒梅修竹……这时候，外祖父生前的许多公益善举和爱国情操，我才陆续了解。

我回国后，家乡面貌日新月异，而且，祖国也已经把我培育成才，可是，老人却无福瞻仰他朝思暮想的故国风采，无缘再见他视为掌上明珠的外孙女儿……生离死别，叫人怎能不哀伤？老人逝后次年初春，我在老家的山坡上，种下了两株梅树：一株腊梅，一株红梅……我想，倘若老人泉下有知，魂兮归来，一定会高兴的。而我，也可借此聊寄哀思了！

四

我大学毕业之后，从风光绮丽的南国海滨被分配到了遥远的太行山。离家前夕，妈妈把外祖父的那幅墨梅用塑料薄膜包好，装进我的行囊……

梅花，来自异国的坚贞的梅花，伴我走上了真正的人生。

到了太行山，我先在一所专区师范任教。我执教不久，便与学校同人一起被下放到山区劳动改造去了。

在太行深山里，我孑然一身，举目无亲。和当地山民一样，我睡土窑、喝雪水、吃玉米疙瘩和糠窝窝。患了胃溃疡，时时疼得冒冷汗。浑身长虱子，常常整夜睡不着。在滴水成冰的日子里，跟着男社员上山开大寨田，粗重的镢头敲在坚硬的冻土上，我细嫩的虎口震裂了。在大雪封门的深夜，饥饿的野狼、豹子拼命拱着我简陋的窑门……

那里，和星岛自然无法相提并论，就是和故乡厦门相比，我也仿佛到了另一世界。春花秋月，转眼五年过去了。生活的艰难还在其次，难道，十七年寒窗勤学苦读得来的知识，除了埋入荒山，竟毫无用场？多少个朝霞如花的黎明，多少个夕阳似血的黄昏，我痛苦地思索着，前程在哪里？希望在哪里？

侨居海外的老父，担心爱女受苦，一封封滴着清泪的信笺，催我出国；星岛的舅妈，巴黎的表姐，澳大利亚的表哥，一个个轮番来信开导我："既然国内读书无用，你又何必过于执着？还是到我们这儿来吧！"

可是，我总觉得，祖国像母亲。她，用智慧的乳汁把我哺育长大。在母亲危难之秋，我怎忍心掉头而去？

在愁肠百结的太行岁月，在艰辛跋涉的人生路上，我常常悄悄地打开那一幅外祖父留给我的梅花，她的冰雪清姿，她的凛冽正气，像火，给了我温暖；像血，给了我活力。我也常常想起老人临别赠言：

一个中国人，无论在怎样的境遇里，都要有梅花的秉性才好！

是啊，在生活的风霜里，我不也应该做一朵梅花吗？

在那些乌云压顶的日月里，每一回海外来鸿，我都哭了。但摩天大厦、香槟、高级"的士"毕竟吸引不了我。我离不开自己的祖国啊，我终于在祖国的土地上，站稳了自己的脚跟！

今天，早已严冰化春水的祖国的今天，我调回了"海上花园"厦门，成了一名新闻记者。祖国和人民，给我重任，也给我奖励……

海内外亲友，都祝贺我；外祖父在天之灵，当也感到欣慰……

我仍珍存着外祖父心爱的墨梅——她浸透了几代海外赤子对祖国圣洁的爱情；她在祖国苦难的时光，给了我不寻常的热能和可贵的信念！

故乡的冬梅又盛开了，明如烛，灿如霞……

梅花，美丽的赤子之魂呵！

归 来

狮岛的月亮

有月光的晚上，我常常会想起南洋，想起狮岛的月亮……

狮岛的月亮，像一位波斯女郎，柔媚又娇艳。她是我童真的保姆——一个水晶的摇篮！

我曾经在月光斑驳的椰树下，嚼着鲜红的槟榔，伴马来人的吉他轻轻歌唱，我曾经裹着彩虹般的纱笼，戴着星星一样的钻石耳环，嬉戏在月华如水的武吉知马林间，也曾跟着爸爸，月夜里穿过柔佛海峡，上马六甲海滨度假。慈爱的爷爷，曾在月圆时分，穿一身香云纱汉装，躺在酸枝木交椅上，教我背诵："……举头望明月，低头思故乡。"……

在我纯洁如月的儿时，狮岛的明月，美丽有如一树喷泉花。

"月儿再亮比不得日光，异邦再好比不得故乡！"妈妈总是这样告诉我。

为了母亲神圣的心愿，我流着泪，吻别了年老无依的爷爷，告别了绮丽富饶的南洋，踏上向往祖国的归航。

我爱祖国，如同爱我的母亲。

可是，我也常常怀念狮岛，像怀念远方的友人——

并不因为她的繁华，并不因为她的风韵，那儿有我丢失的童年，那明丽如月光的天真，那儿有爷爷遗下的白骨，那凄清如月色的乡魂……

狮岛，我遥遥地离开你有多少年哪？我常常温存地想起你，在有月光的晚上……

海的女儿

我诞生在太平洋和印度洋幽会的港口，我是海洋的女儿。

海洋的风光真叫人心醉："在海的深处，水是那么蓝，像美丽的矢车菊花瓣，又是那么清，像最亮的玻璃。"我原可以在大海的襁褓里，快活地度过安逸的一生。

可是，就像安徒生笔下的小人鱼，为了追求一个永恒的、美好的灵魂，我独自驾起生命之舟，远远地离开父母构筑的安乐窝……

— 13 —

追悔吗？不！

我忘不了安徒生笔下的小人鱼——大海的坚贞的女儿。她死了，哥本哈根的海滨上，世世代代屹立着她动人的雕像！

啊！我多希望自己也是一尾骄傲的小人鱼——用我的忠诚和执着，去追求真、善、美的心灵，去抒写有血有肉的诗章；去谱就永不消逝的歌声——直到我走完生命的旅程。

祖　国

对于我，祖国不是虚幻的概念。

一

我回来了——

只是为了一把泥土、一把来自唐山的、带着故乡青草气息的泥土，诱发了我无尽的相思和泪滴——有如青梅竹马时光爱与爱默契的、永生难忘的坚贞呵！

我回来了——

只是为了一把泥土、一把世世代代华夏祖先遗落的血脉骨殖，萌起了我回归的"野性"和冲动——那胎儿依恋母体的亘古不移的温情呵！

我回来了——

抛弃了繁华的世界，葳蕤的田园，抛弃了无名指可以戴上钻石、颈项上可以挂满珍珠的美丽和风光，甚至忍心割舍双亲潸潸的老泪和异国多情的小小的儿郎……只是为了呵——那梦寐向往的祖国！

我回来了——

舍弃了一切，换回的只是：头顶的一片蓝天、脚底的一抔热土！

然而，我终不悔——因为呵，从此而后，生生死死，整个祖国都属于我，我也属于整个祖国！

二

我曾经迎着月光，跋涉在茫茫的戈壁滩，看柔软的流沙金子般地漫向天边。那时，我忍不住热烈地呼喊：啊，祖国，您是多么辽阔浩瀚！

我曾经徜徉在古长安灞陵道上，看千秋杨柳如梦如烟。遥想当年秦皇汉武，心里自然而然涌起一种本能的骄傲——啊，祖国，文明、古老的祖国！

我曾经乘坐罐子车，深入兴凯湖畔七百米以下的地层，看亮闪闪的乌金，脉脉含情地等待着前来采掘的知己。我会情不自禁地赞美：啊，祖国，富饶深沉的祖国！

我领略过鹿回头海湾那醉人的黎明——多美啊，每一棵翠亭亭的椰树上，都顶着一轮红艳艳的太阳！我曾苦于形容词的贫乏——啊，祖国，您是多么灿烂辉煌！

我也曾在静夜里独坐乌苏里江岸，一边聆听优美动人的赫哲族船歌，一边瞭望对岸苏联伊曼市稀疏的灯光……不知为什么，我会这样想：多么温柔、多么威武呵，我的祖国！

……

啊，祖国，一切美好的，分开是您，聚合起来还是您——

您在我心中，是怎样的单纯而复杂，是怎样的朴素而瑰丽，是怎样的抽象而具体哟！

三

并不是每一颗心，都流淌热血，并不是每一个灵魂，都寻求谅解。罂粟开花，未必是吉祥；乌鸦亮嗓，算不得歌腔；竹笋拔节，会遇大石压顶；寒梅著花，常伴风雪冰霜……

每当想起生活中——和谐里蕴着不和谐，我也曾因为忧烦彻夜难眠，我也会因为痛苦切齿扼腕……

然而，想起您呵祖国——您那万千的城镇乡村、万千的江河湖海、万千的馨花绿树、万千的丰功伟业、万千的志士仁人、万千的英雄豪杰……我那窄窄的心儿，便会豁然开朗——

啊，我的祖国，您用您的博大，抚慰了我！净化了我！开拓了我！造就了我！

不管世路多坎坷，我永远也不会堕落——

因为呵，我的心中，有一个活生生的、有血有肉的，亲爱的祖国！

游　子

我没有那样的幸运——诞生在祖先繁衍生息的土地。我一落草，便成了飘零的游子……

三岁的时候，母亲用毛笔，在我的手心里写上了两个大字：中国！这，便是我接受的启蒙教育。

从童年起，我漫游了许多陌生的国度：观赏过美妙的自然山川，领略过富丽的物质文明……对于这一切，我很淡漠。因为它们，并不属于我。

每当我低下头，注视自己的手心，便有莫名的惆怅，如鸦影，遮住心头的光明……

有一回，在马六甲山岜，我受困于一条蟒蛇，是一位马来大叔，用割胶刀解救了我柔弱的生命；有一回，在槟城街头，我险些闯进"的士"的轮底，是一位法国女郎，帮着母亲把我抱往医院……

对于曾经涉足的地方，对于那里真诚相待的人们，我怀着一片深情。

可是，不论怎样，在遥远的国外，我是客人！每当摊开手心，便觉得心酸；凉亭虽美不能久住，朋友虽好不是亲人……

人生的苦辣甜酸、得失悲欢，都会随着时光消逝。永不磨灭的，只有攥紧在我手心里的——祖国之恋！

没有飘泊异邦的人，怎能理解这刻骨的相思？没有远离故土的人，怎能体味这销魂的乡愁？

鸿　雁

你听过霜天里旷野中那横空雁阵嘹唳的欢歌吗？你听过山林间江湖边断鸿零雁凄切的哀鸣吗？

如果我不曾久别故国、栖身遥远的南洋，如果我不曾离群索居、寄迹偏远的山乡，也许，我无法那样深切地理解它们向往春天、向往家园的心愿，也无法真正体味它们惨遭铩羽、孤独漂流的悲伤……

可是，我也曾是一只万里之外苦恋祖国的飞鸿，我也曾是一只折翼伤翎流落海角天涯的孤雁……

今夜，月映春水，一行鸿雁飞来，在天空、在海面，骄傲地写着两个大大的"人"字……

我的眼里，霎时注满了清泪——

鸿雁呵！你把我从眼前的温馨圆满，带回了当年……

乡　情

我喜欢莱蒙托夫的诗。但是，他的"哪儿爱我们，哪儿便是家乡"的见解，我却一直不敢苟同。

我想，哪能呢？月是故乡明，花是故乡好。游子对于故土，犹如儿女对于母亲，那一种神圣的至情，岂是异地的风姿和人情所能取代的？

半生里，萍踪浪迹。从烈日南洋到冰雪北国，从繁华都会到荒僻山沟，风尘逆旅之日多，赋闲家居之时少。然而，纵使走遍天涯海角，故园——那一朵水浮莲似的、祖国东南边疆的一抹小岛，却始终令我魂萦梦绕。

在他乡，春晨秋夕，逢年遇节，繁忙的劳作之余，每每想起"长桥支海三千丈，明月浮空十二栏"的菽庄四十四曲桥；

— 19 —

想起"洞口木棉飘坠叶，云头石笕引流泉"的万石岩峰峦；

想起蓝水晶漫就的鹭江、黄金铺成的港仔后沙滩；

想起四时不断的美果，八节飘香的鲜花；

想起"金风乐社"流溢长街短巷的南曲的袅袅清音；

想起三月节阿母手下嫩生生的春饼滋味；

想起中秋夜阿嬷拜月娘的虔诚神情；

想起青梅竹马时代，那曾经赠我相思荚、红豆籽的邻家阿妹黑葡萄似的眼睛；

……

这时候，总觉得心头似悲似喜，我的眼角，便渐渐蓄就一颗清泪，落下来……

这种感触，该也是人生纯真的情感之一吧！

这种情感，人皆有之。

所以，我知道，那海峡彼岸的骨肉同胞，三十二年的岁月长河呵，飘逝了他们的青春，漂白了他们的华发，却又怎能流走那心上的乡思？

人为的藩篱，隔不断人们眷念乡土的情和意；

人民心中的真情至意，也必然要冲决那人为的藩篱！

故乡的灯火

数十年前，我从南洋回故乡厦门时，还在少年时代。每每黄昏出门，心里总是惴惴。

那陈年老月，青石板铺就的小巷或坑坑洼洼的洋灰漫地的老街，难得有一盏摇摇晃晃的路灯，那灯光却一概是暗淡的枯黄。路灯下雾蒙蒙的人影楼影，在童稚的眼中，惶惶然有如鬼魅。轮渡码头一带，到了晚上，灰茫茫的，只看得见海上船只稀疏的灯影和忽明忽暗的航标。

员当港周围，支离破碎的渔火恍如鬼火在荒蒿野鹭间明明灭灭。对岸的鼓浪屿，黑黝黝的，像一头蜷伏的巨兽，纵然有一星半点亮光，也不过是"两三星火是瓜洲"的孤寂况味！隔水相望的集美镇，更是幽暗沉寂如乡村社里。至于同安，即便城关，入夜也是昏天黑地，莫辨东西。

百姓家里，大抵一灯如豆，除了蜡烛，就是洋油灯、菜油灯，即使能安电灯的人家，多半也只有十五支光小小的一盏。往往是一张八仙桌或圆桌，围着一家老幼。小孩读书写作业，大人待客缝缝补补做小手艺等，全靠那一朵微弱的光芒。明光耀眼的灯火，大抵属于舞台、属于会场、属于上层人士，与平头百姓多半关系不大。当年，在小小少年的我心中，故乡的夜古老而晦暗。

到了六十年代初，中国大地众多的人群因连续三年的困难而温饱难求，地处东南海疆的故乡也不例外。于是，夜来黑灯瞎火是常有的事。几年后度过了饥荒，国家经济人民生活刚有一点转机，史无前例的"文化大革命"一来，刀光剑影，万马齐暗。当时，在我热血沸腾的青春年华，故乡的夜动荡而凄凉。

七十年代末，祖国迎来了第二个春天。永难忘却故乡那些花山灯海庆新生的时光，真是家家张灯结彩、处处弦歌飞扬！借梨园戏唱词"上下楼台火照火，往来车马人看人"来形容那一种狂欢的热烈犹嫌不足。在那一段苦尽甘来的日子里，故乡的夜，点点灯火都是心头的温馨。

八十年代是故乡面目一新的时代。那新建的机场码头，繁忙的建设工地、高耸入云的大厦、鳞次栉比的厂房，通宵达旦的灯火加上五光十色的霓虹灯，将美丽的岛城映照得熠熠生辉。普通人家，琳琅满目的吊灯、台灯、壁灯、床头灯等随处可见。光明璀璨的灯光，把故乡的夜装扮得富丽堂皇喜气洋洋！

九十年代是故乡脱胎换骨的岁月。当久违的白鹭再一次飞回员当港，忠诚的鸟儿已找不到自己的家乡。昔日"拣尽寒枝不肯栖，寂寞沙洲冷"的凄清，如今已被湖波漾翠、绮花焕彩、游人如织取而代之。白鹭洲一带，柔媚亮丽的灯光，如珍珠、如琥珀、如水晶、如翡翠，辉映得员当湖如倾珠泻玉、如飞星流霞。那一种淡雅中蕴繁华，宁静里见热烈的景象，令人感到即使身在巴黎身在悉尼也不过如此。

那大桥上终夜不息、盏盏圆满如月的银色灯火，是母亲呼唤游子的亲切目光；那疏港路数里长街暖人情肠的金色灯花，是好客的故乡人拥抱远客的热情臂膀；环岛路依波偎海的七彩华灯，是故乡儿郎眺望彼岸的双双深情的眼睛。至于如展翅飞鹏停歇在七万平方米绿地上的人民会堂，节日的彩灯焰火流光溢彩，将天穹、将大地、将会堂顶端庄严的国徽照耀得金光夺目灿烂辉煌！

长街短巷，一串串路灯如皓月、如幽兰、如金橙、如玉树，忠贞不渝地把光明奉献给来自五湖四海的夜行人，温情脉脉地呵护着白鹭之岛的万户千家。无论是高楼深院还是寻常巷陌，每一扇窗户里，都有明晃晃的灯花伴着柔曼的乐曲，轻歌笑语随风飘逸。多少客厅中，当年的十四英寸黑白电视机，已被五彩缤纷的大彩霸淘汰。家家户户厅、堂、房、舍功能各异的灯饰，千姿百态犹如繁花竞艳。

1994 年冬月，当我首次踏上欧洲大地徜徉在夜的法兰克福，看到这座城市的每一棵绿树，都缀满了星星般的彩色灯饰，闪闪烁烁、扑朔迷离，令人远望如置身仙宫玉阙，那一份如诗如梦的浪漫情调与美丽氛围，可心领神会而难以笔绘言传。

当时我想：故乡厦门，何日能有如此美妙夜景？我在深心里期待着！

谁知不过年把光阴——到了1996年春，故乡街头，排排亭亭玉立的行道树上，夜来居然已珠围翠绕：有如绿宝石穿就的项链，有如红玛瑙串起的花束，有如满天星星散落花蕊树冠，有如无数钻石镶进疏枝密叶……

至于各种建筑物的灯光夜景，更令人叹为观止——那市政大厦六面体串串亮晶晶的金星，那国贸大楼银辉灼灼的金字塔顶珠冠，那保龄球场奇光异彩瑰丽如画有如安徒生笔下的圆柱尖顶塔楼……

火树银花，闪耀在座座凌云的楼端，在处处开花的庭院。尤其是鹭江对岸鼓浪屿的灯光夜景，更是华彩四射曼妙如诗——那日光岩高耸天际的金碧辉煌的皇冠灯饰，那八卦楼流朱溢翠别具一格的哥特式建筑灯饰，那琴台造型幽雅有如骊珠镶嵌的轮渡灯饰，那巍峨挺拔恰似浑身披上黄金盔甲的郑成功塑像灯饰……加上或蓝或紫或黄或绿的多彩霓灯穿插其间，加上海风摇影波光激滟，令鼓浪屿这位国色天香的娟娟秀女，更加仪态万方妩媚迷人。

游客来此，如置身童话世界，如误入广寒宫中，真有"今夕何夕"，"不知天上人间"之叹！我走过几处欧亚名城，并非出于偏爱，我以为，今日故乡的灯火、故乡的夜景，完完全全可以与之并肩比美！

五十度春风秋雨如水流逝，故乡昏暗的灯火、颤动的灯火已成逝波。今天，故乡的灯火美艳如花，如花的灯火是夜的明眸。今天，故乡是风华绝代的美人，明眸善睐的美人当然举世倾心！

故乡的夜，凝望着你顾盼生辉的秀眉丽眸回首往昔，作为故乡的女儿，我深深地骄傲也深深地被陶醉了！

难忘真诚

竹叶三君

旧友竹叶三君，暌别多年了。可是，他的影子，却仍时时浮上我的心头。

其实，他是极平凡的一个人，木讷讷的，既不风流倜傥，也不善于周旋。我们之间，也只是一般同事而已。

十年前，我到闽南 T 县教育局奉职。局里的宿舍楼尚未盖起，总务安排我到一所小学去寄宿。

那小学校是旧时的孔庙，我的住处在大殿西厢，用杉皮钉起的一溜房子的头一间。大小不到六平方米，放得一床一桌罢了。逼仄倒无所谓，只是满眼蛛丝，房与房之间，仅用黄泥土坯垒了不足两米的胸墙。这些房子太古旧，因此，没什么人愿意住的。

一个年轻女子住在那样荒凉破败的古庙里，实在不是滋味，可当时正是"老九""夹着尾巴"做人的时候，单位也确实有困难，我二话没说，认真收拾一番，买了一把大铁锁，便搬了进去。住了几天，倒也习惯下来。可喜的是门外那一棵红石榴，正在开花时候，坐在房内书桌前，伸手便可折到偎在木窗棂上火红的石榴花。就是四周过于寂静，尤其夜里。有一天晚上，忽然看见隔房有灯光，却无声息，不知有人无人、是男是女。一夜惴惴，不敢入寐。

次日上班，问同事，同事们全乐了，指着紧挨墙角伏案办公的一位同志告诉我：

"俗话说，卜居先卜邻。你还不知道这位夫子是你的芳邻呀？对了，他下乡好些天，昨晚刚回来……"

原来是S君！这是全局有名的"老夫子"。年纪并不大，当时不过三十三四岁，1965年大学毕业的，写得一手活泼文章。只是为人古板，按部就班，话极少，不苟言笑。S君住在岳母家，房子太挤，要了庙里一间小房当宿舍。当时，尽管大家乐个不停，他仍低眉顺眼地看他手中的材料，头也不抬一下。

知道有近邻，到了夜间，胆子便壮了好些。只是男女有别，加上S君生性孤僻，彼此见面，有时连点头也免了。

夏末秋初的一个夜晚，月儿照在屋梁上，小老鼠吱吱地叫着。我在灯下看书，远远地，有甜腻的男子歌声传来：

"半个月亮爬上来，依拉拉，照着我的姑娘梳妆台，依拉拉……"

这时候，我听见S君起来开了大门出去。过了好一会儿，便站在石榴树下喊我：

"小陈，要有什么响动，你睡你的，别作声！"

我漫应了一句，便熄灯上床。半夜醒来，见 S 君房里还亮着灯光。

我不明白，不哼不哈的 S 君，葫芦里卖什么药？

过了许久，我才知道，当时这大庙里，时常有外地流氓、本地泼皮前来作案。S 君暗中悄悄地关照着我呢！

S 君负责局里的秘书工作。大小总结、汇报材料、领导的报告稿之类，都是他一手写的。全县中学文科的教研工作，他也得抓。那年秋天，学校开学的时候，局长拍了拍 S 君的肩膀，笑呵呵地对我说：

"让他带你跑跑下边的公社中学吧。他来的时间长，比你熟悉。"

S 君不会骑自行车，和他一块儿下乡，只好跑路，我心里暗暗叫苦——每天出门，来回四五十里地，走路辛苦还在其次，和这样一位闷嘴葫芦在一起，多难受呀！

没想到，几回同行，却改变了我对 S 君的看法——一路上，S 君总是主动向我介绍每一所中学、每一个初中点的学校布局、教职员人数、课程安排、教学情况、升学率等。娓娓谈来，如数家珍。和平日守口如瓶的 S 君相比，真是判若两人了。我们边说着话儿，边观赏乡野秋色，倒也不觉得累。S 君挺细致，走上十里八里，便找个开阔干净处，自己先坐下来，然后招呼我："停停再走！"有时还穿插几句乡里见闻什么的，调节一下精神。往往他自己不动声色，我却笑得前仰后合。

有了 S 君的引导，我很快地熟悉了我的工作对象和工作内容。

有一次，在 S 君帮我设计了一次全县中学语文教学观摩会之后，我忍不住对他说：

"S 老师，你是冷面热心肠。咱们若是能够长久共事，可就好了！"

他淡淡一笑：

"你来了，我也就该走了！"

"为什么？"

"我……出身不好，在县革委机关不合适，还是下基层好。"

"谁说的？"我瞪大了眼睛。

他摇了摇头。

"那么，我是你的取代者了！你干吗还那么认真教我、帮我？"

"这是两码事——怎么能因为个人得失，去影响工作呢？"

他仍然是淡淡一笑。

那时候，正是白卷"英雄"张铁生之流耀武扬威之时，教育形同虚设。S 君身体单薄，他的在城郊当小学教员的妻子又病着，一对幼小的儿女没人照料，他完全可以请假在家的；况且，如果真的要他离开局里，他更可以不必这样奔波了。可是，S 君仿佛从来没考虑过这些，每日如行星一般运转。

八月中秋，S 君从梵天山归来，兴冲冲地抱回一大把桂花，在路口遇上我，便递给我几枝：

"好香！拿回去用水养着。"

是夜，S君竟携了弱妻幼子，一起上我的蜗居来做客——我们虽比邻而居，却从不互相串门。

"稀罕！S老师今天一定有什么喜庆事？"我愉快地招呼S君一家。

"没什么！过两天我到美峰中学报到去。同事半年多了，走前大家叙谈叙谈。"

S君依旧淡淡一笑。

S君要走，在意料之中；但走得这么快，却是意外。我的心情，立时黯淡下来。我没有支配人事的权力，挽留的话，说也白搭；安慰几句话——一样是工作，无非位置不同。S君泰然自若，我说什么，都显得多余。可是，想到与这样一位良师益友，猝然分手，令人何等惆怅！再想想他们夫妇俩体弱多病，S君工作又拼命，在乡下，生活、医疗条件比城里差，日后自有许多艰难，心里更添几分酸楚。半天，我说不出一句话。

S君却比平日健谈，见我以手托颐，沉默不语，便说：

"今后，工作中有什么地方需要我协助，给我写个信，我还来。"

"你一走，那么些文字工作，还有十来个中学、百来个初中点，我一个人怎么挑得起来？"

"你看这桂子，花有芳香而无美色；那窗外的石榴，花有美色却无芳香。你我也一样，各有所长，各有所短。担子重，可以锻炼你的能力，发挥你的长处。"

S君的话固然没错，可我心里总觉得戚戚。信口问道：

"全家都走？淑芳姐也调去？"

"是的！"

我知道 S 君去意已决，便不再多说。倒是他的妻子殷殷地嘱了我有关人情世故、起居寒暖等许多话。

S 君的身世，一向讳莫如深，我从不敢过问。那一夜，从淑芳口中，我才知道，S 君原籍台湾。父亲是国民党的一位将领，1949年随军去台，匆促中丢下祖母和他。老祖母去世多年了，父母呢，至今死生未卜……

过两日，S 君办了手续，把家先搬往乡下，然后找我移交工作。

S 君离开县城那一天，正是重九。家属走了，他单身一人，便不乘车，步行着去。我们几位同事送他，一路走着，仿佛远足一般，山路两旁，一片枫树红艳照人。S 君摘了一片枫叶给我：

"霜叶红于二月花呀，小陈！"

那时，S 君正在英华有为之年，用枫叶比拟他自然不妥。可是，我却觉得，S 君的性格虽落落寡合，淡泊如水，可他的工作精神，如石榴花一般热情喷薄，他的待人，如丹桂一般馥郁温馨；他的深心里，自有枫叶一般的气质，风风雨雨，安之若素，不争春荣，笑迎秋霜……

后来，由于工作需要，我也离开了 T 县教育局，远去 A 市。

临走前，专程去了一趟美峰山学校。可惜铁将军镇门，学生说："S 老师上白云大队家访去了！"

淑芳姐不知上哪儿了，也没见上。以后一晃八年，彼此并无通信，情形便一无所知了。

不久前，有 T 县旧友来 A 市。陪他去海滨游览的路上，我迫不及待地打听 S 君近况。

"S 老师？哦，'老夫子'！T 县的状元教师哟——美峰年年高考夺魁！去年春上提起来当教育局局长，又是县台湾同胞联谊会副主任……有四十二三了吧？终日陀螺一般地转。也怪，比当年咱们同事时，还显着年轻！"

T 县友人啧啧连声。我的眼前，清晰地映现了 S 君清癯的形容；映现了 S 君曾经抄赠我的两句白香山诗："试玉要烧三日满，辨材须待七年期"；映现了与 S 君分手时那一派灿烂如画的枫林，那一枚明艳如火的枫叶……

我轻轻地吁了一口气，心境顿时如大海一般宽舒。

望着水天一色的远方，我对 T 县友人说：

"海阔凭鱼跃，天高任鸟飞呀！"

友人心领神会，颔首微笑。

S 君曾于隆冬风雨夕，与我们二三友人作联对游戏。一友出旧对："虎行雪地梅花五"，我对曰："鹤立霜田竹叶三"。S 君以为对得有趣，又道竹质实心虚，是林中谦谦君子，从此便以"竹叶三"为号。笔者是以称之"竹叶三"君！

旧　邻

原先，我与孙煌对楼而居。两楼之间，仅隔着一条一米左右、伸手可以相握的小弄堂。我们的窗口，咫尺相对，彼此房内，一目了然。窗帘，是两户人家唯一的屏障。

我刚搬来那会儿，与孙家并不熟悉，只是彼此正好都拉开窗帘时，可以望见他家里走动着一对中年夫妇、两个女孩而已，姓甚名谁，全然不知，偶尔目光相遇了，不过是淡淡一笑，算是打招呼。

有一回在报社，美术组的老吴拿了几幅石刻版画给我制版，有羊蹄甲、相思树、日光岩、古炮台，等等，那刀功、那气韵，于盈寸之间，发挥得淋漓尽致，叫人好不欢喜。正欣赏着，门外走进一位潇洒魁梧、仪表堂堂的男子，老吴忙介绍：

"说曹操，曹操就到。这位便是鼎鼎大名的版画家孙煌先生，你手上这一组作品的作者就是他！"

他低头，我抬头，相对一看，不禁都笑了起来。

就这样，两位邻居，第一次真正相识！

一回，他有事上我们这一栋楼来，顺便踱进我家，前后左右浏览一番，说：

"我真替你发愁，三代五口，共此斗室，够饱和的了！加上人来人往，终日如蜂巢一般，怎么写作？"

"只有深夜……"我回答。

是呵，每当深夜，两座大楼里的男男女女都已进入梦乡，而我们两家窗前，却总有一朵晕黄的光焰，盛夏里诱着灯蛾，严冬里驱着寒意……

我们居室四周，热闹有如市场：三班倒的职工进进出出；楼下有食堂，烧、煎、煮、炒、洗菜、泼水之声，磨刀人、锯木匠、收买旧报纸、破铜烂铁的小贩形形色色的吆喝声，从早到晚不断；楼上，时有歇斯底里的高声谩骂……

在这样的环境里，每日每夜，他雕刻着、我涂写着，各自努力摆脱众声相扰的现实，为了心中善的世界、美的精灵。

我们都忙，为邻七载，还是为了陪伴一位画家我才到过他家一次。

他的府上也不宽敞，与画家盛名实难相称，但粉墙上吴作人、李可染、黄永玉诸大名家的手笔，一进屋便给人留下了艺术感。上千斤的寿山石和一橱橱的作品、卡片，占据了主人的大半房间。原来，他的那些远渡重洋、流传国外的佳作，产床就在这儿……

于是，对于这位芳邻，我的心中自然有了一种敬意。后来，经常想再去拜访，接受一点艺术的熏陶，终因穷忙，一直耽搁下来。

但见面的机会，毕竟是有的：虫声唧唧的夏夜，艰辛的笔耕之余，偶尔撩开窗帘，享受一下小巷来风，正好赶上他也掀帘临窗，这时，大家便会互相点头致意；有时，街头巧遇，相互道声"您好!"然后，他说，看到我的文章发在哪里哪里，我也说，看到他的力作，刊在哪里哪里，彼此似乎都有些观感要谈，但各自有事在身，加上行人如潮的大街，也不是探讨艺术的地方，只好三言两语，匆匆分手；有时是远客来访，找错了门，问到他头上，他便会打开窗扇，探出头来：

"小陈，有客!"

于是，一声"谢谢"之后，便又久别。

各人埋头于事业，相逢的机会总是不多。虽然，时时可闻斧凿解石之声，夜夜可见窗上浓浓剪影，言笑在耳，形影可及，交往呢，却似近还远，似亲还疏。

我喜欢他的石刻艺术，只是并非深交，也就不便索求。一日，听得对邻"依呀"一声：

"小陈，开窗!"

我推开窗叶，只见塑料绳系着一个小纸包，吊在一根短短的竹竿上，从对窗伸进我家。我解开一看，一方寿山石印，端庄洒脱的篆书刻着我的名字。我自然视为珍宝，从此，这枚石章便出现在我的每一本新书上。

几年间，我也出版了几本小书，总想取一册赠送这位近邻，除了请教，也是"投桃报李"之意，无奈老是自惭浅陋，羞于示人，至今不曾送去。

在旁人眼里，我们这两户人家，彼此既无求于对方，又无利害相关，谁的存在与消失，与另一方，大概是毫不相干的。

岁月如流水，多少年过去，我搬离了旧址。

莫非人都有怀旧病？未迁居时，我曾经朝思暮想，渴望着早日结束那黑暗、嘈杂、三代同堂的蜗居生涯。待到经历了无数艰难，终于从两堵城墙的夹缝中解放出来，拥有了一方明净的小天地，心却怅怅然若有所失起来——

虽然，如今窗前有了阳光，窗外有了绿树，喧嚣之声离我家远去，黎明时分，间或还有小鸟嘤嘤啼唤，但邻家那亲切悦耳的斧凿叮叮，那漫漫长夜熟稔的灯花灿灿，却从此在我的视听里失落……

我曾几次想去探望我的旧邻，因为忙，至今未去；他也几次说过要来看看我的新居，同样是因为忙，至今没来。

如水之交，却难相忘……

参星与商星

人生不相见，动如参与商。

今夕复何夕，共此灯烛光。

······

——杜甫《赠卫八处士》

如果没有这次偶然的邂逅，也许，他会像一颗陨落的流星，永远消失在我记忆的天幕上······

暮春三月的一个星期天，满街裙带飘香，一城花光照人。我带着女儿小眉来到松杉园。远远地，便见一位身着咖啡色西服、华侨模样的青年"绅士"正对着喷水池里的白鹭拍照。走近了，恰好那"绅士"也转过脸来——啊！是他？两双眼睛——他的和我的，同时凝然不动。

"你——什么时候回来？"我先开口。

"上礼拜，乘'鼓浪屿'号——你调回厦门工作了？"他的眉宇间，透着惊喜，亲切地抱起小眉。我们信步往万石岩山上走去。

满山相思树，错落成林。

"记得吗？这片相思树，还是我们当年种下的！"他望着我。

我想起了！二十年前的三月植树……

那时，我们正上高中。他十六岁，我十四岁；他是侨属，我是侨生；他当学习委员，我当语文课代表；他享有"小爱因斯坦"的盛名，我呢，同学们昵称"小冰心"；他的理想是当科学家，我的愿望是做文学家。在班级里，我们都是佼佼者，学习优良，"抱负"远大。人以群分，自然而然地比较接近。

每当夕阳西下，钟声催晚时分，我背着书包，独自沿着两旁长满合欢、紫薇、夜来香的深田路漫步回家，往往可以听得一阵轻微的沙沙声滑过背后，在身旁戛然而止——本能告诉我，是他！这时候，他一定下了单车，陪我缓缓地穿越大街小巷，走回家去。

一路上，我们总是漫无边际地讨论：从罗浮宫的绘画到荷马的史诗，从牛顿的苹果到法拉第的脑容量，从云冈石窟到斯芬克斯狮身人面像，从嫦娥奔月到人造卫星，从干打垒到薄壳建筑……他是一位聪颖、深沉而博学的人，在我蒙昧的少年时代，曾给过我许多智慧的启迪。

可是，我们也经常因为意见分歧争得面红耳赤。比如，对于报纸上的每一个铅字，我都笃信不疑，他却说："报上的话，也不一定都可信，有真话，有夸张，也有假话"；我认为中国的一切都比外国好，他却说："也不见得，西方的科学水平就比我国先进！"在这种时候，我便觉得，我们的心，隔着一条河。

但不管怎样，我们是班上人人羡慕的好朋友。

经过了决定人生去向的紧张的高考阶段，他考上了上海一家著名的工科大学，我录取于故乡一所综合性高校。怀着七分喜悦三分惆怅，我们匆匆握别各奔前程。从此，黄浦滩头的鸿雁，频频飞来鹭水之滨。

两年后，"文革"开始了。原来担任系学生会主席的他，因出身华侨资本家，连参加红卫兵的资格也没有。"一月风暴"刚过，他便神色黯淡地回到了家乡。

在低气压的日子里相逢，彼此都郁郁寡欢。

六十年代后期，我们终于毕业了。我上了太行山当农民，他去到湘江畔做木匠。几年里，山山水水隔离了我们。

1972 年秋天，我们在故乡的车站不期而遇。

他告诉我，打算申请出国，问我意见如何。经历了多年的风吹雨打，我比较成熟了，但对他的决策，我仍感到意外：

"为什么要离开祖国呢?"

"直接的理由是继承财产。真正的想法是希望出去学点东西，当然，我还会回来的，离开祖国不是我的愿望。"

我沉默。

"我还想邀你一道走呢——科学是没有国界的，必须拿外国先进的技术为我所用，我们的国家才能兴旺发达。闭关自守是不行的!"

他的话，我并不以为然。但人各有志，不能相强，我们谁也说服不了谁，只好不欢而散。

离别前夕，他约我到海边谈谈。我们坐在沙滩上，半规明月，一天星斗，海正涨潮，空气里弥漫着淡淡的咸味和不知名的花香，时有夜渡的水鸟贴浪滑翔……故乡的秋夜轻盈似梦，我却心重如铅。

"记得吗，天蝎星座在哪? 大熊星座在哪?"他希望我像少年时代一样无拘无束、谈笑风生。

我仰望星空，嗫口无言。

"我们是天上的两颗星，对吗？"他柔和地望着我。

"是的！"我淡淡地回答。

"织女星和——"

"不！参星和商星。"

"为什么？"

"有一段难越的距离，横亘着我们！"

他垂下头，眼中落下一颗小星星。

次日，我们又离开故乡远走天涯。虽然，彼此仍时有青鸟往来，但也止于朋友的通信而已！鉴于他对社会、对现实的看法过于尖锐、冷酷，与我当年那种一片丹心、满腔赤诚的书生意气、赤子肝肠互不吻合；鉴于他那豪富的华侨之家、威风的洋楼、势利的亲戚，与我冲淡的情怀、桀骜的性格大相径庭，我们之间，终于无法逾越"友谊"这一命定的界限。时光老人把我早年生命的朝霞，都撒向了洁净的友谊天穹。

不久，他出国去了。头几年，逢年遇节，都有华翰万里远来殷殷探询。"道不同，不相与谋"，我只字未复。后来，我调动了工作，从此，鱼沉雁落，音书断绝。年复一年，我勤勤恳恳地躬耕在祖国的教育园地上，渐渐把他给淡忘了。

谁料到，鬼使神差，十年后的今天，竟在故乡植物园里戏剧性地相会。

"你一家都在国外，还回厦门干吗？"我问他。

"家乡办特区，我特意回来看看——十年前，我就告诉过你，开辟经济区，吸引外资，接受外国先进技术，这是我国富裕的捷径之一。记得吗？你还说过我是推销资本主义呢。现在的政策真好。'海阔凭鱼跃，天高任鸟飞'。中华振兴，大有希望！"

他兴高采烈地告诉我，这次回乡考察特区，特区管理委员会的同志陪他参观了特区机场工地、东渡码头泊位、玻璃钢游艇装配车间、印华地砖厂、雷诺士骆驼牌烟厂、索尼电视机安装公司……他认为厦门发展经济潜力很大。他是建筑工程师，他家又是某国著名财团的大股东，他希望通过实地考察，为家乡建设"略尽绵薄之力"，并鼓励中青年一辈华侨实业家、企业家为建设特区、振兴中华做些贡献。

我听了，心潮起伏。我至今不能赞同那种当母亲处于危难之中，儿女却拂袖而去的做法。

但历史已经证明了：从前他剖析社会的目光是敏锐的，真正的无知者是我。况且，为了四化建设，他远渡重洋而来。他并没忘了祖国、忘了故乡。他对祖国这缕真诚的情意，像一座桥，终于把两颗隔绝的心沟通。

我们边走边谈，不知不觉地已踏上天界峰。俯瞰山下母校秀丽的红楼，他深深地叹了口气：

"当年我们做伴读书的校园、走过的街巷、散步的海滩，我也一一重游了！'千里来寻故地'啊……"停了一息，又说：

"我们是两颗对转的星！"

"参星和商星！"望着湛蓝的天空，我脱口而出。

是呵，我们是广阔天宇里的两颗星，各自沿着不同的轨道运行——生活的轨道虽不同，对祖国的爱却一致。走过了漫长曲折的小路，我们终于找回失落了多年的友情。

啊，商星和参星，各自把光辉，洒向大地。隔着永恒的晨昏，隔着美丽的银河，两颗星，遥相致意！

一朵美丽的野菊

——郭风剪影

　　郭风的名字第一次进入我的生活，那是我九岁的时候，一个夏天的傍晚，我坐在院子里的丁香花下，小青蛙在头顶嘤嘤地唱着歌，我着迷地读着《豌豆的小床》《痴想》……

　　"有一天晚上，我梦见自己睡在豆荚的小床上——

　　这豆荚的小床，多美丽呵，好像是绿色的水晶雕成的。……"

　　"我想，有一天，我要变成一朵小野花——

　　一朵淡黄色的小野花，坐在两片鲜绿的草叶上。"

　　当时，我把郭风当作一位可亲可爱的小朋友，藏在我小小的心儿里。

　　岁月风风雨雨地过去了多少个年头，可我总忘不了他的这些像高山流泉那样纤尘不染的，充满晶莹、美妙的童心的诗一般的句子；忘不了他笔下那些逗人喜爱的紫罗兰、百合、蒲公英和矢车菊们。

真正认识郭风，却是 1981 年冬季——一个阳光明媚的星期天，听说郭风和柯蓝到厦门来了，作为文艺编辑，组稿是我的任务；私心里，也想拜会郭风这样一位我仰慕已久的散文界著名作家，因此，午后二时许，我来到三角梅纷披的白鹭宾馆。

在宾馆的花园里，遇见了本地文友老傅，他正陪着两位老人说话。

"你上宾馆看望谁呀？"老傅问我。

"拜访郭风老师！"

我话音刚落，一位眉清目朗、面貌慈祥的长者，立即微笑着走过来：

"我就是郭风。"

握了手，我说明了来意——希望他在旅厦期间为我报副刊写一篇华章。他有些为难了：

"小陈，你可能不了解，差旅在外，我是写不了东西的，总得回家后，才能动笔。你约的稿子，以后再说，好吗？"

后来交往多了，才知道老人有个习惯，写文章必须在家里那张古老的木桌上，一坐在那儿，仿佛灵感就来了。因此，不少朋友叫他换一张新式书桌，他总不愿意。几十年了，那旧书桌一直陪伴着他……

第一次见面时，我当然不知道这些。组稿如催命，这是我的长处，也是我的缺点。见老人没立时答应下来，我有些失望了。老人看了看我，说：

"难得你这么诚恳，我努力完成吧！"

出于礼貌，我不能再催了，再三叮咛回去后一定惠稿，便回了报社。

第二天上午八时许，我接到一个电话：

"小陈吗？我的稿子写好了，柯蓝也写了一篇。"

真真想不到，一夜之间，郭风不仅自己写了文章，还鼓动柯蓝也写了。我立即赶到宾馆，两位作家正在抄稿子。柯蓝老师告诉我：

"老郭对我说，地方的报纸刊物，一定要热心支持，让我非给你们写不可。昨晚，他破天荒地写到下半夜两点来钟……"

也是后来，我才知道，郭风每天晚上八时左右入睡，清晨四时起床写作，这是多年不变的老规矩了！

为了一个市报的青年编辑的约稿，他打破了正常的生活、工作规律，熬夜撰文……我心中的感念和敬意，自不待言，立即自告奋勇地帮二位老人抄完稿子。

隔日，两篇大作同时见了报，我把报纸、剪报送到他们下榻处。郭风很高兴地对我说：

"看你办事这么认真、迅速，我有一件事和你商量——散文诗原是一种美育生活、陶冶人生的很好的文学样式，现在却冷落得很。能不能利用你们的副刊，编发一点'散文诗专页'，促进一下这种文体的繁荣呢？"

柯蓝老师也极力表示赞同。

对这样一种不为人所重视的文学品种，老人却寄予那样的深情，他的事业心打动了我，我决心为散文诗的复兴做一点努力。社领导的支持加上老人的指导，"散文诗专页"终于办出来了，一期又一期地持续下去。三年间，"专页"的星星火种，燃遍了大江南北的报纸、杂志。散文诗这一文体，也开始改变了或依附于诗或依附于散文的两栖地位，有了自己独立的门庭，出现了空前未有的昌盛局面。我和老人之间，也从此植下了友谊的种子。

对事业如此专注，对艺术却分外宽容——1982 年初秋，郭风来到鼓浪屿参加福建省小说、诗歌的评奖工作。一个黄昏，我去探望他。迎着绯红的晚霞，我们漫步在海滨山坡上的树林里，老人抚着挺拔俊逸的波斯枣椰、亭亭如舞裙的华盛顿棕榈，指点着朵朵娇艳的黄花夹竹桃、片片牵枝引蔓的青藤，快乐得如同孩子一般：

"小陈，你看看，这片树林里，高大的、矮小的、茁壮的、纤弱的、名声显赫的、默默无闻的种种树木花草，各各按照自己的特性，奋发向上，组成了繁复而美好的植物世界。艺术也一样……"

我听了，很受启迪——可不是吗？老人的心，总是那么博大、宽厚：他热爱散文、散文诗，但从不排斥小说、诗歌；他的文字明朗而清新，却从不贬低朦胧、含蓄的美文；他具有根基深厚的古文修养，崇尚优秀的民族文学风格，也时时注意汲取外国各种文学流派的精华……

他热爱大自然。读他的作品，和他在一起，往往不能不为他与大自然那种物我两忘、水乳交融的情谊所感动。

1983 年仲春，他陪孟伟哉同志到厦门来。我们相约同游醉仙岩、天界峰。老人天没亮便上了山，在长满相思树的峰岩间，热心地采集着各种各样的野花和蝴蝶，一一夹在笔记本里。那兴奋的样子，有如小学生参加春游一般。啊！大自然给了他可贵的童心，他是大自然赤诚的儿子！

我们从自然界的山川风物谈到创作，老人说：

"艺术的炉火纯青的极境是自然，是返璞归真。作文章，我意少些雕饰，从容写去……"他向我介绍泰戈尔、阿索林、史密士……他热情地推荐戴望舒和徐霞村合译的《西窗集》……

他喜欢空灵、淡远、和谐的情致，喜欢中国山水画式的白描。大千世界的海色岚光、日月星辰、花鸟虫鱼，在他的眼中和笔底，都蕴含着一种超尘脱俗的理趣、一种净化灵魂的美感。

他的为人，也总是那么恬淡、温情，甘于寂寞而又从不停止奋斗。

去年五月，我到庐山参加中国写作研究会华东年会，途经福州，第一次到了郭风府上。走进书房兼卧室的房间里，除了满墙书架而外，最显眼的是正中那一架鱼骨吊灯：一串串薄如蝉翼的乳白色鱼骨片，笼着柔和的橘色灯光，微风吹来，鱼骨相击，叮当作响。站在灯下，我仿佛进入了一个诗、画、音乐交融的艺术境界。

"那是中国作家代表团访问菲律宾时，马科斯夫人赠送我的礼品。"老人特别珍重友情，提起吊灯，他的眸子里，便飘出一缕温柔、缅怀的情思。

这时，我才想起，家中不见女主人：

"郭老师，您夫人呢？"

"去世了！"他的声音，有些苦涩，顺手指了指窗前那张前面提过的木桌——据说这木桌是他结婚时置下的家具。

桌上的玻璃板下压着他和夫人的结婚照片。我忽然领悟了，老人写作时离不开这张旧木桌，会不会也是对伊人的一种怀念呢？

他是省作协主席，有着许许多多的社会工作；他是作家，一息尚存，便要不停地创作。他暮年丧偶，写作中、生活上的不少事情，只得靠自己料理，在旁人眼里，他的晚景是冷寂而凄凉的。可是，他自己却不以为然：

"我已经进入垂暮之年了，没想到这三年所作较多，这是因为自己的心情愉快。也许，晚晴的美丽能够引起创作的思路和灵感？"

果然，继他创作道路上的丰碑《叶笛集》之后，近年来，《啊，山溪》《你是普通的花》《笙歌》等散文、散文诗集，一本接着一本问世！

他从来不曾大红大紫，也从来不曾向往大红大紫。不管社会怎么变迁，人情如何冷暖，他总是执着于自己的人生追求，执着于自己的艺术探索。

在武夷山召开八省二市散文笔会时，在九曲宾馆里，他曾经十分庄重地告诉我：

"我觉得自己不应该把那些艺术上拙劣的、冗长乏味的作品，那些虚假的热情和说点空话的作品，呈现在读者面前。我希望自己能够认真写出于世道人心有所补益的作品，这便是我的艺术良心！"

他是一位谦逊、质朴而言行一致的人。四十多年来，他珍惜自己的艺术身心，不息地吹奏着他的富于闽中木兰溪风韵的叶笛，歌唱故乡，歌唱人民，歌唱祖国大好山川、风流人物……他的歌声里，流漫着纯真而广袤的爱情，人们听了，往往会不由自主地陶醉其中。人们的心灵，往往会在它的潜移默化里，变得如月光般的皎洁，如白云般的明净，如八月的秋原般的丰富、辽阔……

我的床头，放着老人题赠我的、四川人民出版社出版、装帧精美考究的《郭风散文选》。每当我掀开扉页的照片，总觉得老人用他善良而纯洁的目光，正亲切地注视着世界、注视着人生、注视着我……我的心头，自然而然地便会浮起老人写在《酢浆草·野菊》里的几句话：

"他（们）真心真意地开放花朵，在不很显眼的地方，给大自然增加了美丽。"

郭风，他自己不就是一朵生机盎然的野菊，为千姿百态的生活大园林，不息地增添着美丽么？

无名氏

在我走上生活之路以后，几十年间，塞北江南，雪泥鸿爪，有过多次荒诞却又真实的路遇。那一切，随着日月的磨砺，大抵渐渐褪去了神奇瑰丽的色泽。唯有一段奇妙相逢的往事，却像一串晶莹璀璨的珍珠，永远在我记忆之河里闪烁光华……

一九六九年春节前夕，我由迢迢北国回闽探亲。一路上，停车、餐风宿露，车抵徐州，已是旅途的第四个夜晚。

在开往南京的列车上，我胃部剧痛，虚汗如注。拥挤不堪的车厢如同沙丁鱼罐头，立足之地尚难寻得，更别提拥有一席座位了。我身不由己地被"架"在过道上，头重脚轻，仿佛随时就要栽倒下去……

这时候，一位身披羊皮大氅的旅客，"腾"地由椅上站起，朝我一挥手，我兀自犹豫，他已一把将我推上座位，自己站到一旁去了。

列车过了长江，暖气便停止供应。凄苦的夜，风雪迷茫。陈旧的棉袄，抵御不住砭骨的严寒，我浑身冻得打战，胃疼有增无已。

一杯热开水端到我面前，一件皮大衣落在我身上——抬眼一看，仍是那位好汉！

我接过开水，推还皮衣，伏在茶几上……

蒙眬中，我睡着了。

一梦醒来，温暖如春。车窗外，胭脂色的晨曦晃得人眼花缭乱。我直起腰，一件皮衣从肩头滑下……

皮衣的主人呢？我寻遍车厢，终于在锅炉房的角落里，找到了蜷缩着身子的他——漫长的寒夜，他就是这样熬过来的?！我说不上是激动，还是难过，只觉得眼睛发潮……

我默默地送上大衣，他默默地收下。

我还来不及问个姓名，他已夹杂在乱哄哄的人群中，匆匆下车去了……

我怅然若失。

雁来雁往，转眼次年深秋。

利用探亲假，我到闽西山区看望插队务农的弟弟。回乡时，必须在闽粤赣交界的、一个地图上没有标名的小站上等车。

时值傍晚，黄叶飘落，暮鸟投林，昏暗、简陋的候车室显得分外凄清——但更凄清的，却是我穷途潦倒的心境……

那时候，我刚离开学校参加工作，工资有限。北方归来，旅费已耗去过半百元；山村探弟，又倾尽行囊。还家路上，只剩下刚够购车票及沿途膳宿之资。可是，当我攀山涉水、疲惫不堪地来到车站，准备掏钱买票时，才发现钱不见了

——是扒手扒了？还是自己不小心丢了？谁知道呢……

失款虽然不多，但"穷厝莫穷路"，身无分文，真是寸步难行了！

在那年头，置身人地生疏的异乡，我既缺乏扒车的本领，又无法张口伸手求乞，火车半夜就要进站，我一直想不出排难解忧的办法。

晚秋的轻寒侵袭着我，饥饿像虫子似的咬噬着我。我渴望碰上一位熟人，哪怕是一面之交！

忽然，我看见售票窗口晃过一个似曾相识的面孔——在哪儿见过呢？我在脑海里搜索着他的形象……

啊！是他?！

我又惊又喜，浑身一下子来了劲，忙从条凳上站起，迎着他走去：

"同志，您是去年南京站上那一位穿羊皮大衣的人吗？……"我词不达意地嗫嚅着。

"不是。"他一口否认。

我没记错，分明是他！可人家不认账，我还说什么呢？

何况，在这种时刻，硬要他承认和我早已相识，岂不等于要挟人家再次援之以臂？人的自尊心，姑娘的矜持，使我缄默了！

我苦苦哀求车站站长，希望用我的介绍信作为凭证，换取一张车票。我再三保证，一回家立即给他汇款……站长根本不理我。

彼时彼地，我的心里是一片绝望的空白……

不知什么时候，他却悄悄坐到我身边来，挺和气地问我：

"同志，家在哪儿？"

"厦门。"我有气无力地回答。

不一会儿，一张火车票，两包饼干一起递到我眼前。不用抬头，我也知道是他！

"您？——"我想说句什么，终于没说。"谢谢"之类的话太客套了，根本无法表达我心中一言难尽的感受。我只问他：

"您上哪儿去？"

"广东老家。"

"在哪里工作？"

"上海。"

"贵姓大名？工作单位呢？"

没有回答。他大步流星地走了，再没回头……

啊，相逢何必曾相识！一位路人，两回相遇，虽素昧平生，却胜似亲人！他，像一盆木炭，质朴无华，风雪中才露出炽热情怀；像一阵清风，了无痕迹，炎夏里方显见冰雪肝胆……

漫漫旅途上，我除了绝处逢生似的由衷喜悦，还有华夏古风不泯的欣慰……当然，心头也留下了一脉深深的惆怅：他是谁？如今在哪里？

茫茫人海，何处寻觅？

岁月淘汰了泥沙，却把真金留下！可敬的无名氏，喧嚣年代里民族的精华，在人生的每一个站口，我都会想起他……

静夜思

终岁忙碌，竟忘日月深浅，收到你的贺年卡，才知道年又近了……

今天是老历腊月十六，"明月照高楼，流光正徘徊"，翘首天际，想起南洋，想起你，想起所有远在海角天涯的亲友，心头长长短短丝丝缕缕的往事，便悄悄织成一卷永无句号的思念……

记得两年前重返星洲与你相见，阔别三十秋，"执手相看泪眼，竟无语凝噎"！第一次共进午餐，你便端来大盘小碟："妹妹，尝尝你喜欢的红毛丹和榴莲。"啊，红毛丹和榴莲，这儿时的爱物，几十年了，我已几乎忘怀，阿姐你还记在心里！

你问我回到"家"了，先上哪儿——圣淘沙、椰笼、老巴刹，还是干脆去游车河，看今日五光十色、美丽如画的新加坡？我摇头：

"不！先去我的故居！"

　　我的故居在滑铁卢街一百八十三号——一幢迎街一面全是落地窗的二层洋房，数十年风风雨雨过去，那我生身落土之地，那我遗留童年之梦的小楼，如今是否安然无恙？

　　你这善解人意的阿姐笑而不答，驶出车子便带我直奔滑铁卢街。下了车，我忙左顾右盼，却只见高楼林立，车水马龙，明艳照人的商场五彩缤纷，我家小楼已荡然无存。伫立街心良久，我怅然若失……

　　堪以告慰的是旧居对门的观音堂——这新加坡最宏伟壮观的观音堂，依然飞翠流丹香火鼎盛，进进出出的善男信女摩肩接踵，那气派那氛围更胜当年。看来，不管社会如何进步，人世如何沧海桑田，华人世界那一脉民族传统，那一份古老信仰，却永永远远难以磨灭！

　　在观音堂里，阿姐你为我拈香三拜，你说要告诉外公外婆——他们最喜欢的外孙女儿阿莺万里迢迢来给老人家上香了！我听了不禁泪下如雨——我相信，外公外婆在天之灵，早已候在我旧居门前迎接我，透过时空、透过阴阳两界，我已感应到了我曾朝思暮想的亲人那温温相依的脉息！

　　你指着旧居遗址说："妹妹，你家风水好，对着观音堂，才出了你这尊女观音、女才子！"哎，阿姐，你接受的虽是英国剑桥的教育，可在我眼里，你一举手一投足一言一笑甚至思维方式，仍然是本色中国女性！

　　你提起看过我寄给你的著作，知道我回国后几十年间的奋斗并不容易。你忍不住又一次问我："多少人千方百计争取出洋，妹妹，为什么你从不思量？"

我说阿姐我爱你，爱表哥，爱舅妈，爱海外远远近近的亲人，也爱生我养我的南洋。可我更爱祖国，爱她勤劳智慧的人民，爱她富饶秀丽的江山，爱她源远流长的文化，爱她多灾多难却生生不息的土地……阿姐，这是一种信仰——为了她，我的确饱尝雨雪风霜，但我是中华的女儿，为了母亲，纵使尝些酸辛，我也无怨无悔。

何况，祖国育我成才，给我冰心玉骨，给我铁的意志钢的脊梁！二十载耕耘，春华秋实，祖国母亲也给我荣誉给我桂冠，这一切，绝不是任何文明世界的金钱物质所能换取的！

你握着我的手涕泪涟涟："妹妹，我也是中华的女儿，我理解你那一片永恒的痴情。"

于是我们姐妹之间，从此有了一份新的相知新的默契。

可惜一旬相聚，犹如昙花一度。鬓龄阔别，中年重逢，欢会喜泪未干，凄凄别泪又湿青衫！临行前我再三嘱你回乡走走，看一看中国的改革开放，看一看家乡的特区建设，看一看神州的名山胜水，看一看故土的乡亲父老……

去秋，你果然应约归梓。为了给我一个意外的惊喜，你未预先通知，不巧赶上我远行西北考察而与你失之交臂！待我还家，阿姐已乘黄鹤去……"怃然坐相思，秋风下庭绿"，那一份惆怅，阿姐你可体味？

年近春也近，又是一年春草绿。阿姐，别忘了故乡春色，常来归！

小楼春雨

一个烟雨迷蒙的黄昏，我匆匆穿过城东一条幽深的小巷。

一枝斜逸墙外的粉梅，勾住了我的尼龙花伞。我抬头一望，啊，楼上的乳白色球形吊灯多像一轮明月！料峭春寒里，一下把我的心照暖。

我想起了苏珊娜！娟丽、聪慧、多情的阿珊……

二十几年前，我们一起随长辈从南洋回故乡，她就住在这幢父亲置下的哥特式的黄楼里。

从小学到中学，我俩都在一个学校，天天形影不离，一起出入这幢小楼。有一回我病了，两天没上学，珊娜竟在教室里抽抽搭搭地哭起来。

那时候，珊娜的阿嬷还在。老人爱养花，把院子侍弄得像个小花

dong an lu

园。在她们家里，我见过春的夹竹桃，夏的茉莉，秋的蟹爪菊，冬的红梅、白茶、剑兰……我的母亲和不少归侨朋友都喜欢上这儿来，和老人一起喝咖啡、叙家常，相互打听南洋亲友的近况。

珊娜和我都热爱文学。上中学后，两人常躲在小楼里看书。有一天，我们合读一部法国小说，看到书里描绘的巴黎郊外景色：娇艳的秋阳下，美丽的松鼠在金色的森林里快活地跳来跳去……我们都沉醉了，恨不能骑上神奇的魔毯，一下子飞到"枫丹白露"。

后来，一到假日，我们常常一起到公园，倚在晓春桥畔寻诗，躺在琵琶洲上望月；一起到菽庄，坐在"海阔天空"下听潮，浮在千顷碧波上浴日；一起到万石岩，登上"天界"揽天风，钻进"仙洞"探仙井……

我对珊娜说："枫丹白露算什么呢？雾巴黎一朵苍白的花罢了。还是我们的故乡美！"珊娜快乐地大叫起来："故乡万岁！"

珊娜是一位出色的小提琴手。记得她为我演奏过克莱斯勒的《维也纳随想曲》，琴声凄伤处，催人泪下，而她一拉起《美丽的罗斯玛琳》，女孩子们便忍不住要翩翩起舞。

后来，珊娜的阿嬷去世了，父亲把她接到海外。她家的小楼几经辗转，最后成了一家街道办的玩具加工厂。一到夜间，黑漆漆的不见人影。

依然春花秋月，可惜人去楼空。从此，每回经过小巷，我总匆匆而过。抹不去的思念如潮汐，朝朝暮暮上心头。

珊娜在法国求学时曾给我来信："枫丹白露迷不住我，'月是故乡明'啊！可是，小楼几易其主，纵使归去，何处落足呢？"

转眼十年。今夜，小楼怎又亮起灯光？

蓦然间，《F大调奏鸣曲·春》那生机盎然的旋律像鸣泉，从楼上潺潺流下，打断了我的沉思。

"阿珊！"我用劲地敲门。

"啊，莺姐！我是阿琳。珊姐乘下一班船回来过春节。快上楼吧！政府把楼房归还我们了，我刚回来没几天。"苏珊琳一把将我掖上久违的小楼。

满城春雨，依然默默无声地下着……

冰城之遇

　　刚刚接到哈尔滨友人来信："又到了白雪飘飘的严冬，我们想起了你——来访冰城，可惜竟未领略这儿尽善尽美的冰雕艺术，今年冰雕展出开幕之际，欢迎你来，为了艺术，也为了友谊……"

　　工作羁身，我不能应邀前往。然而，难以忘怀的冰城人事，却历历浮上心头……

　　两年前的初春，接受报社总编的委派，我到长春参加一个新闻会议。会罢，应黑龙江日报和黑龙江省作家协会之邀，我乘上北京开往齐齐哈尔的三十九次特快，横穿辽阔的松辽平原，来到北疆名城哈尔滨。

　　风尘仆仆地下了火车，走出站台，便看见黑龙江省报的老梁、老石和黑龙江省作协的小宋一起来接我。

两个单位两部车，乘坐哪一部？

他们商量了一下，说："就上作协这一部吧，到和平村宾馆去！"

我跟小宋上了车，气温是零下二十二摄氏度，车子在结满冰碴的大街上飞驰。远远地，小宋指着一座高耸蓝天之下、覆盖着斑驳白雪的圆塔形楼房告诉我，那就是和平村。据说这座以欧式建筑风格著称的黑龙江省四大宾馆之一，从前是白俄的别墅。

果然名不虚传！踏入和平村里预定的小楼，红光耀眼的长毛地毯引路，宽敞的卧室、会客厅、卫生间，从四壁装饰到各件器具，全都金碧辉煌，令人如入宫殿。我一看，忙对小宋说：

"我是一位普通编辑，住这样的地方，报销不了，也不必要。还是到省报招待所去吧！"

"头儿说了，一切由我们包下，你放心好了，万里迢迢，来一趟不容易呵！"

平生第一次来此，人地生疏，只好听从主人调度。

小宋为我安排了第二天的活动项目后，走了。已是暮色沉沉，我上俄式餐厅用膳罢，回到宿处，边取钥匙开门边想：这六七十平方米的大套间，单住我一人，冷清清的实在闷得慌，要是再来个女伴，那可就好了！

这样的念头当然是一闪即逝。进了门，洗了个热水澡，提着外套走近大衣橱。猛抬头，一顶礼帽，一件华贵的男式黑皮大衣、一条长拉毛围巾，傲然地高挂在红枣木衣架上——惨！希望来个女伴，想不到来个男人！

我在心里叫苦：服务台好糊涂，竟然男女不分！忙忙开步往外走，可是楼上楼下找遍了，竟然找不到一个服务员。

我忐忑不安地坐在电视机前，边心不在焉地看着苏联电视剧《这里的黎明静悄悄》，边留心着门外的动静。

过了十一时，不见人来，只好和衣而卧。刚躺下，忽听得有钥匙转动之声，慌忙走出房间，一面双手抵着客厅大门，一面高声发问：

"是谁？"

"我！"厚重的男低音。

"还有谁？"

"我！"温和的女中音。

一颗悬着的心终于放下。开了门，女人进房来，男人独个儿走了。

彼此互报家门之后，却令我大喜过望——原来，这一对儿，便是朝鲜族著名诗人、延边文联主席金哲和他的夫人方彩凤。金哲来齐齐哈尔市开会，夫人随后也来，大会宿舍不够，暂时安排方彩凤另住这儿。中午，金哲就在此休息。一场虚惊，化为喜悦。

方彩凤是一位容貌娟秀、性格开朗的五十岁冒头的朝鲜族妇女，与我一见如故。熄灯上了床，两人还天南海北地神聊了大半夜。

方彩凤告诉我，她很喜欢汉族妇女，《诗刊》的晓钢到延边，就是她陪着上天池。她说天池很美很美，有珍贵的美人松，有可爱的鹿群；那里的温泉，能煮熟鸡蛋，喝了它，还能延年益寿，因此，人们称它"药泉"；那里神秘莫测的"水怪"，其状似狗，嘴形如鸭，背部漆黑油亮，腹部雪白，这种怪兽，轻易见不到的……

在神奇的长白山风景里蒙眬入梦。次晨六时，便有得得叫门之声，方彩凤下床披衣出去，一会儿，又笑盈盈地进来：

"我把你的名字告诉金哲，金哲让我告诉你，他读过你写的东西，很想见见你，不知你同意不同意？"

我当然十分乐意。我也读过金哲的一些佳作，非常喜欢这位少数民族诗人的作品。

匆匆起床梳洗，六时半，走进会客厅，已有两位男同志坐在沙发上。彩凤指着五十多岁、满脸红光、神采奕奕的那一位：

"这是金哲！"

接着又告诉我，年轻的那一位是文联秘书。

我们双方热烈握手。

谈了诗，谈了小说和散文，谈了近年来少数民族的诗人和作家的作品，金哲忽然想起：

"前年我和贵省的郭风同志，一起带领作家代表团到菲律宾去访问。回去见到他老人家，代我问好！"

我答应着，说：

"欢迎您到福建来做客！"

金哲极为高兴，笑呵呵地朝着他的夫人直点头："我们与小陈，真是有缘万里来相会！"

这一对热情豪爽的朝鲜族夫妇，真诚地邀我和他们一起上长白山去。

“一见到你，我就特别喜欢。到了延边，你就住到我家去，我的房子宽敞得很！”方彩凤诚恳地握住我的手，要我答应。

“长白山的雪景、天池的风光，迷人极了，还有我们朝鲜族的生活别有一番风情，你在江南，见不到的。无论如何你去看看，我们三人陪着你！”金哲和他的秘书，一而再、再而三地邀请。

能和如此坦诚多情的朋友，一起漫游他们美丽的故乡，那该多美好！我着实动心，然而，公务在身，只好婉辞……

当我们依依握别的时候，金哲夫人含着泪：

“一定来延边，小陈，我们等着你！”

金哲也叮咛着：

“别忘了我们此回相遇，就算不为了长白山，也为了我们老两口的一片心意……”

后来我回到了南方。当年初夏，延边举办一个少数民族作家笔会，当地文联发来公函邀请我前往参加，金哲还特地连续打来两封电报。第一封是“请拨冗光临”，第二封是“请一定拨冗如期光临”。可惜仍因公务在身，只好再次婉谢……

是年秋天，金哲的儿子北京大学毕业后分配工作，头回来闽、粤出差，金哲夫妇特意叫他来厦门探望我：

“爸爸妈妈让我来看看您，给您捎来一点家乡土产。”

于是，小金从挎包里掏出一封信，两条系着红丝绳的长白山参，又说：

“爸妈还让我问您，几时去延边？”

我望着小金，望着朝鲜族友人珍贵的礼品，想起了我们奇妙而又美好的萍水相逢，眼里止不住湿润起来……

　　金哲是我仰慕已久的文学前辈，也是我平生结识的第一位少数民族朋友。他和他的一家，对我如许一往情深——那种质朴而晶莹的情感，有如一泓清泉，至今滋润着我的心田……

　　于是，那遥远的，和我毫不相干的长白山，便常常惹起我深深的思念。有这样一支歌：

　　　　长白山密林里，

　　　　清晨的太阳升起，

　　　　牛羊成群跨过丘陵，

　　　　奔向那辽阔的草地，

　　　　啊，我美丽的祖国江山，

　　　　啊，心爱的故乡延边！

　　那优美深沉的旋律，也时时回旋在我心间……

　　什么时候，我定得去一趟长白山，拜望金哲一家以及他的可亲可敬的朝鲜族乡亲们！

　　想起金哲，我自然而然要想起冰城热情如火的友人和他们瑰丽如童话一般的和平村……

行旅天涯

漫步鼓浪屿

美丽的五月黄昏，我从海上花园——厦门乘渡轮，穿过蓝缎带似的鹭江，去拜访曾被郭沫若先生赞为"音乐名区联屋市"的音乐之岛鼓浪屿。

说她是音乐之岛，那真是名不虚传！"文化大革命"以前，这个不到1.7平方公里的小岛上拥有三百多架钢琴，至于小提琴、吉他、曼陀林等乐器，那就几乎家家必备了。岛上经常举行家庭音乐会，小型独唱、独奏会。每逢四时佳节、花晨月夜，常有三五良朋或合家老幼携琴出游，在那风光旖旎的山隈水畔，轻歌曼舞。在这里，无论是上了岁数的老者，还是天真烂漫的儿童，对音乐都有一种特殊的爱好和聪慧。

渡轮起航了。远远望去，鼓岛的码头活像是一架打开琴盖的钢琴。这别具一格的码头建筑，把游人一下子带进了音乐的氛围。

　　我沿着蜿蜒如蛇的柏油小路漫步而去，柔和的夕阳映照着一扇扇开满吊钟花、素馨、三角梅的百叶窗，由凤凰木、棕榈、相思树点缀的一幢幢楼院，空气里流淌着馥郁的花香，潮声传来大海有节奏的歌唱……一切是那么恬静、幽邃。忽然从哪一处人家，飘来了李斯特《爱之梦》的乐曲声，那深情曼妙的琴声弥漫在长街深巷，叫人听了，如梦如幻，仿佛自己也化作了一段优美的旋律，随风飘逸在这琴岛的黄昏里。

　　远远地，透过敞开的雕窗，我看见了一位正在弹琴的小姑娘。穿过长长的花径，我悄悄走到她身旁。哦！原来是去年在厦门市钢琴比赛中获奖的章宓妮小朋友。这位安琪儿很有礼貌地接待了我，并为我弹奏了一曲贝多芬的《献给爱丽丝》。那天真的姿态，美妙的琴音，令人久久不忍离去。

　　像章宓妮那样的小音乐家，岛上可真不少。多少年来，在这音乐之岛上涌现了一批又一批音乐人才。我国第一个女指挥家、沈阳音乐学院教授胡周淑安，上海声乐研究所所长、男中音歌唱家林俊卿，上海音乐学院钢琴系主任李嘉禄等，都是鼓浪屿音乐界的老一辈佼佼者了。中青年一辈的，钢琴家殷承宗、许斐星、许斐平，男低音歌唱家吴天球，男中音歌唱家殷承基，小提琴家许斐尼等，都是乐坛上出类拔萃的人才。此外，鼓岛上还出现了一些知名的音乐家庭，每一个音乐之家都是鼓浪屿音乐史册里有趣的一页。

　　鼓浪屿人把学音乐当作人生必具的艺术修养。美好的音乐，陶冶了人的性格和灵魂，也点燃了人们的生活热情，培育了人们爱祖国爱家园的思想情操。有关的例子很多。曾为国家培养了不少钢琴人才的李嘉禄先生，一九四八年去美国留学，一九五〇年获得音乐硕士学位，美国挽留他，他毅然回到了祖国。林俊卿先生于一九五三年出访德国，人们称赞他的歌声可以和世界上最好的男高音歌唱家卡鲁斯并肩媲美，德国用重金都没有挽留住他。

我还听到过这样一个真实的故事。一九八二年的春天，有一位外地少女，因连续三年高考落选，对生活失去了信心，从远方来到鼓浪屿，打算跳海了此一生。她流着泪在观海别墅旁边的海滨徘徊……忽然，不远处传来了施特劳斯的《蓝色多瑙河》乐曲，那乐曲浸透着维也纳人爱国爱乡的深挚情感，美妙动人的旋律重新点燃了这位少女行将熄灭的生命之火，她停止了哭泣，慢慢走到那位不知名的小提琴手面前，诚挚地说："我爱音乐，特地来到慕名已久的音乐岛，寻找我的归宿。没想到你的琴声拯救了我。它使我想起祖国和故乡的可爱，想起青春和生命的可贵！你看，我差点做了一件蠢事……我谢谢你！"

这样的事也许是个别的、偶然的。但是，音乐在鼓浪屿的地位和社会生活中所起的作用却是毋庸置疑的。鼓岛上人们举止温文尔雅，读书成风，这不能不说是与音乐素养有关。不少青少年音乐爱好者，都是品学兼优的好学生。曾被贺绿汀赞为"达到专业水平"的两位少年钢琴手，去年就以优异成绩考上了全国重点理科大学。至于那些海内外知名的科学家、诗人、作家，他们出生在鼓浪屿，从小也受过音乐的启迪和激励。

我在岛上继续漫行，不觉来到了美丽的海滨。远处，水天一色，有几只海鸥贴水飞翔。这时，我忽然冒出一个念头：鼓浪屿是怎么成为音乐之岛的呢？后来，在拜访了岛上的一群音乐工作者以后，我才解开了这个谜。

这个弹丸小岛，宋、元时称"圆沙洲"，是个杂树丛生、岩石嵯峨、渺无人烟的地方。元末明初，一批内地渔民出海途中遭遇风暴，舍舟登岸定居，荒岛始得开发，至明代方改名为"鼓浪屿"。这里地处亚热带，四季温暖如春，更兼备山、海、岩、洞、花、木诸般神秀，历代诗家吟咏不绝。这里紧傍厦门，与台湾一水相连，富有闽南乡土气息的高甲戏、梨园戏、歌仔戏、南曲等流传岛上，在此落地生根。近百年来，不少人漂洋渡海，寄迹异邦，与国外，尤其是与东南亚的科学、文化、艺术交流特别频繁。凡此种种，都为鼓浪屿音乐气氛的形成打下了坚实的基础。

二十世纪初，鼓岛沦为英、美、法、日、德等国家的"公共租界"。列强在岛上设立领事馆，开办银行、学校、游艺场所长达四十七年之久。帝国主义的侵略，剥削了中国人民，客观上也使西方音乐渗透了进来。中华人民共和国成立以后，党和人民政府更对音乐十分重视并大力提倡，岛上从幼儿园、小学，到中学、大专，都设置了音乐课程，此外，当地政府还经常拨款，派人组织独唱、独奏音乐会，开展名曲解说和欣赏等各种音乐活动。每逢寒暑假便邀请从中央和外省市音乐院校回乡的师生，举办观摩演出，以提高鼓岛人民的音乐水平。适宜的土壤加上阳光雨露的滋育，音乐之花自然就在这里争艳怒放了。

夜深时分，踏着月光花影，我回到渡口，听到临海而筑的琴岛舞厅里，电吉他正弹奏着柔美如水的《星星索》，一对对青年男女在欢快地翩翩起舞……眼前的一切，令人不能不发出由衷的赞叹：

多好啊，鼓浪屿——飘浮在东海之滨的一个永不泯灭的音符、中国乐坛上一颗永放光芒的明珠！

长城留墨

当我还是个梳着双抓髻的小姑娘的时候，在遥远的南洋，夏夜星空下，外婆常娓娓地向我讲述孟姜女千里寻夫、哭倒长城的故事。从此，祖国古老的万里长城，就蜿蜒在我心头……

后来，我远渡重洋回国求学，历史教科书告诉我：东起鸭绿江，西至嘉峪关，跨群山，穿莽原，横瀚海，连绵万余里的长城，是中华儿女用智慧和血肉砌成的防御外侮的屏障。这时候，英武不屈的长城，便成了我神往的圣地。

十来年间，也曾几度涉足京华，与长城近在咫尺，却因匆匆来去，总无一面之缘。

癸亥十月，重来京都，清风艳日，秋容如拭，正是旅游的黄金时节，又有山东友人做伴，我终于实现了壮游长城的夙愿。

那一天，车出北郊，沿途金灿灿的原野，就像刚刚分娩的母亲，丰满而娴丽。车窗外闪过一树树绿中晕黄的垂柳，一挂挂红灯笼似的柿子，一朵朵白里透蓝的流云……这幽艳的秋啊，竟有如江南的娟秀妩媚了！

想不到，过了南口，便见巍峨关城拔地而起——居庸关赫然入目。粗犷磊落、红叶流丹的燕山山脉，画轴似的迎面抖开，游龙般的长城也断续可见了……我的心一下子膨胀起来——多壮丽啊，这伟丈夫一般的北国关山！难道，我梦寐向往的圣地，就在眼前？

车子款款地逼近八达岭。我们下了车，往高处一站：不得了！各式各样的车辆，像美丽的儿童积木，把八达岭车站拼成了一座五彩缤纷的宫殿。游人成群结队，摩肩接踵，如上疆场，如赴盛会……我和同伴，随着大河般的人流，沿秋阳下漫漫的长城古道，涌向飘浮在白云间的烽火台！人群里，有鬓发如雪的古稀老汉，有手扶拐杖的小脚大娘，有活泼的"红领巾"，有神气的大学生，有欢度蜜月的幸福伉俪，有风尘仆仆的外省旅客，有碧眼黄发的异国朋友，有浓妆艳服的海外归侨……"路漫漫其修远兮"，大家谈笑着、扶携着、奋争着，抹着汗水、喘着气，一步一步地向高高的长城攀登。

世上的山川人事，往往有"盛名之下，其实难副"之弊。长城，却比传说的还要雄奇峻伟百倍！手抚高近八米、宽约六米的厚实坚固的城墙，越过间隔有序、山风呼啸的座座垛口，远眺高踞崇山峻岭之巅的烽火烟墩，我不能不被长城的磅礴气势所征服——纵使人间真有如椽巨笔，恐也描摹不尽它的风姿气派！

我登上耸入碧霄的烽火台，重重关城，尽在指顾之间。如果说居庸关是古代北京的大门，八达岭便是一把不锈的铁锁。这里"一夫当关，万夫莫开"，怪不得岭上西关门额题着"北门锁钥"四个大字！我鸟瞰莽苍苍的眼底群山，只见危岭深沟，跌宕起落，有如大海波涛汹涌。而长城，便是腾挪于边塞群峰众谷间，游弋于历史洪波大浪中的一条硕大无朋的蛟龙！

　　"伟哉，长城！想当年，狼烟报警、千里烽火，该是何等壮观！这样的重关险隘，即便千兵万骑，铁甲金盔，也难飞越呀！"

　　"不然！明代长城修葺最好，塞内塞外城堡如林，结果也挽救不了灭亡的命运！"同伴打断我的感慨，他是学历史的，滔滔地谈起崇祯十七年李自成率部直下居庸关，农民军乘胜攻进北京，明朝覆灭的往事。

　　"的确，天时不如地利，地利不如人和！陆放翁有'塞上长城空自许，镜中衰鬓已先斑'之叹，其实，没有清明的政治，纵然长城万里，固若金汤，依然免不了内忧外患。"我对同伴说。

　　说话间，山坡上人群扰扰，纷纷四散往附近采摘红叶去了。

　　一位随老师来秋游的小学生，看了看我手上红、黄、绿颜色驳杂的叶子，说：

　　"阿姨，给！我的比你的好看。"说着，从一束鲜亮的红叶里抽出一枝。

　　"给！我们的红透了。"一位新婚少妇，从丈夫手中为我匀出红艳夺目的一枝。

我很高兴："小朋友，谢谢你分给我朝气！姑娘，谢谢你分给我喜气！"

话音刚落，一位童颜鹤发的老学者，也笑呵呵地递过一枝深红的叶子：

"我再添上一枝，你该不会分到了我的暮气？"

我忙接住："老师，您这么大岁数了，还登上长城，真是'烈士暮年，壮心不已'，我从您身上，分得了一脉豪气！"

大家听了，全放声大笑起来。

忽然，同伴拉住我，指了指前面。我抬头一看，原来是一位年轻妇女，抱着婴儿，正认真地一步步上山来，秋风把孩子火一般绚烂的红斗篷高高扬起……

啊！中国长城上，一片最鲜最美的红叶！

一位满头银丝的法国老太太，拿起照相机，咔嚓一声，摄下了这动人的镜头。

夕照里，花团锦簇的八达岭，仿佛春花开遍；歌声、笑声、呼唤声，恰如百鸟和鸣——古长城上，秋光如画，春意盎然！

谁能想象，这里曾经朝朝代代流传着催人泪下的《长城怨》？那寒鸦衰草、胡马铁蹄，那城头哀角、荒原白骨，那"秦时明月汉时关"，那断肠深闺征人泪，还有，我心中那眷念不忘的孟姜女……，都已化作塞上风烟，如今哪里去寻一点陈迹？

盖世无双的万里长城啊，从秦至今，你这历经几十个王朝、两千多年悠悠岁月的伟大工程，岂曾保障过一个民族的安宁？想想八国联军攻陷天津，叶赫那拉氏携光绪皇帝西逃，经八达岭时回望京都的情景，有志气的中华儿女，哪一个不悲愤填膺？而今，浩浩长城早已失去它防御外患的历史功能，而我们饱经沧桑、历尽浩劫的中华民族，却自强不息、顶天立地，生气勃勃地巍然卓立世界东方！登临长城，抚今思昔，叫人怎能不心潮荡漾、热血沸腾？

"长城是属于世界的！"下山时，同伴说。

是啊，长城是属于世界的！你看，不同年龄、性别，不同籍贯、职业，不同民族、国家的人们，都在这里集结。日日月月、岁岁年年，一批人走了，一批人又来。世界上古迹星罗棋布，只有你，长城，能永久地占据着全人类的心灵！如果问我，长城为什么具有这般神奇的魅力？那便是：凡来游长城的人，都能站在各自的角度，找到积极向上的启示——

有人从秦砖汉瓦，窥见中国文化的源远流长；有人从铜城铁堑，惊叹黄帝子民的坚毅刚强；有人从岭上红叶烂漫，记取千秋志士碧血；有人从边塞牛羊往返，赞美今日各民族的团结……

而我，从雄视千古、举世瞩目的万里长城，进一步看到了民族的尊严，民族的自信，民族光辉灿烂的智力。我庆幸自己，一个海外赤子，找到了人世间最美好的归宿——找到了我的拥有伟大文明的祖国！

山水七题

三　峡

呵，三峡。你是长江最风流的女儿！

屈原从你这里走出去，李白从你这里走出去，郭沫若从你这里走出去……

走出去的，和日月一样发光，和天地一样久长！

无数舟子的眼泪，汇作你怒涛叠起的惊险；无数舟子的白骨，垒作你危峰罗列的神奇；不尽的川江号子，淹没了你百里山程水路的虎啸猿啼……

留下来的，成了风景，成了口碑，成了岁岁年年永恒的诱惑、不朽的魅力！

走出去的，是你绚丽的风采；

留下来的，是你铿锵的风骨！

呵，三峡，你是长江最风流的女儿！

巫山十二峰

遥指十二峰，那云龙，那秀女，那飘飘的仙，那翩翩的凤……

其实呢，不过是人们美妙的想象，才附丽了你们如此鲜美的生命——

十二峰呵，你们是巫山的幸运儿；一旦被人赏识，从此身价百倍！

当你们在云纱雾帐里搔首弄姿，赢得了无数的青睐和喝彩，可曾想过，在世人们的指指点点之间，有时却也难免毁誉俱来——这个说盛名之下其实难副，那个讲欺世盗名贻笑后人……

我看见这儿许多无名的山峦，默默地养育着青青的柑橘，默默地开放着红艳的山花。千百年了，她们从不为人所知，也从不为人所弃！

也许她们没有桂冠的重负，生命反而更为自由、洒脱、充实！

神　女

流眄四望，雾蒙蒙，楚阳台在哪里？

千年如流水，何曾有一刻旧梦重温？

淅淅沥沥的秋雨，据说滴滴是神女泪！

危崖幽壑里，伊等了又等，云散高唐，楚王从此不回！

呵，神女，何不学文君锦里当垆、薛涛花溪吟赋，长长短短、深深浅浅，留一个有声有色的红尘故事？

何必朝云暮雨，孤凄凄冷寂寂徒然厮守那一段无望的相思——

老了你明艳的青春，误了我多情的游客！

巴　东

沿江依山，有石梯穿云。山高月小，栈道如藤。难怪自古以来，这里的野猿，能啼出游子三更的乡愁、五更的别恨……

今天我万里来此，猿声早已式微。踏山踏水，去寻秋风亭，去寻北宋那一位闻名天下的诗人、才子，正直又清廉的巴东县令——

传说他把权衡轻重的"铁权"，放置公堂之上，警策自己办事公平。

他不辜负民心，人民也没将他忘掉。

不信你看，秋风亭上，纸灰化作白蝴蝶，数百年至今，翩跹不息。

于是，我想起了他脍炙人口的诗句：

"波渺渺，柳依依，孤村芳草远，斜日杏花飞。江南春尽离肠断，蘋满汀洲人未归！"

魂兮归来，寇准先生！

香　溪

如果昭君不曾在这儿梳头浣衣，

如果昭君也和他人一般向世俗低眉，

香溪，你可能永世默默无闻！

那画师的诡计，那和番的情节，那大漠的风烟，那凄清的胡笳，那汉皇的遗恨，那美人的悲欢，全已消亡，成了静静的历史，成了夕阳下的牧歌和传奇……

但你活着，永远地美丽地活着，莹碧如泉，温润如玉！和浑黄的大江，一清一浊，恰成鲜明的对比。

在你身旁，"乡人念昭君，筑台而望之"。

何止乡人怀念昭君？天南海北，去去来来，两千年无数的脚印，足以把百千个昭君台踩平！

然而昭君台依旧，你澄明翠绿依旧！

香溪，明妃不死的魂灵！

香溪，体察世态人情的明镜！

秭　归

据说这里是屈原的故乡。

江边，弧形的石城墙下，有三闾大夫的衣冠冢，埋着衣冠，也埋着《橘颂》……

屈原喜欢凤凰美人香草，怀王喜欢鸱雀妖姬篆蒝。

屈原在怀王的手心里。

于是，被疏远、被孤立、被放逐，便成了屈原无可抗拒的命运。

据说那一天屈原要流放他乡，贤惠的姐姐流着泪赶来相劝，要他放宽心，莫伤怀，努力加餐。从此此地名秭归，从此屈子孤零零愁戚戚攀山溯水而去，从此他"哀郢""涉江""抽思""怀沙"，从此他不曾回家乡！

一代忠魂，从此沉没于汨罗江！

秭归的柑橘，从此成了"后皇嘉树"，成了正直纯洁芬芳，成了天下人的向往，也成了"棠棣之华"的文章。

秭归城从此成了画，成了诗，成了千古名胜，成了天长地久氤氲不散的歌唱……

白帝城

秋风兮袅袅，古城兮依依！

关于你，那些流传了多少世纪的故事，从前在书卷、在梦乡、在遥远的思慕中，如今在脚下、在眼底、在黄昏的江声和猿语里……

两千年前，便说这儿有白龙出井，惹得地方官乐滋滋急忙自称

"白帝"又大筑城池。

后来有一部《三国》写刘备白帝托孤，热闹闹沸扬扬街谈巷议千秋万代直至今日。

后来又有"孟良梯"言之凿凿的古迹，将山间断崖绝壁上那百丈云阶，附会了《杨家将》好汉虚虚实实的种种传奇。

后来，李白、杜甫、白居易、刘禹锡、范成大、陆游、苏轼、黄庭坚……墨客骚人一个个一群群慕名而来，避难而来，走马观花而来，结舍山居而来……于是有了"无边落木萧萧下，不尽长江滚滚来"，有了"两岸猿声啼不住，轻舟已过万重山"的千古绝句，于是，你从此荣享"诗城"这飘逸浪漫、倜傥不群的芳名俊誉！

后来，那大将军冯玉祥眼见异邦入侵、国土沦陷，心潮难平，在城下的夔峡题刻了"踏出夔巫，打走倭寇"的摩崖巨碑！

那东川游击队首领彭咏梧慷慨就义头悬城门之上，留一册《红岩》辉耀神州大地。于是那轩辕正气便弥漫你的藤萝春月芦荻秋絮你的风风雨雨山山水水……

告别你，几番欲行又止……

秋风兮袅袅，我心兮依依！

小女无才，写不成子美《秋兴》，写不成梦得《竹枝》，写不成义山《巴山夜雨》，挥羊毫展素笺，写一个"心"字——

留在夔门，留在川江，留在白帝古城！

赣北游思

癸亥初夏，有幸漫游赣北，山川历历，给予我点点智慧的启迪；行踪处处，留下了片片美丽的思絮……

美 庐

六月的庐山，繁华的花事早过了。

黎明，我在牯岭绿沉沉的小街上散步。

忽然，远远望见一树琼花，探出谁家石墙之外，云朵似的柔软，落雪般的晶莹。

近了，才看清那一树超然时令之外的洁白，还透着淡淡的红晕。

哦，云锦杜鹃！

为了采撷庐山之夏的精灵，我踮着脚跟攀上墙裙。

啊，我望见了什么；

一块石碑——刻着描上新漆的两个大字："美庐"——静静地站在院子里的修竹之间。

哦，蒋公馆！

有一百种滋味，涌上我的心头……

半个世纪过去了，风云变幻，日月消长，腐朽的落叶化作了一抔黄泥，坚硬的种子长成了参天乔木，生生不息的云锦杜鹃，不管人间风雨，岁岁年年，如火如荼……

啊，美庐，你为一段历史作注！

过小乔梳妆台

小乔，江东女儿的骄傲——长江秋水般的才思，匡庐春山似的容貌。

"遥想公瑾当年，小乔初嫁了，雄姿英发。羽扇纶巾，谈笑间，樯橹灰飞烟灭。"

小乔，据说你曾运筹帷幄，为周郎出谋献策，留下了火烧赤壁的千古佳话……

世上有一些挨骂的女人：妲己、褒姒……因为她们，女人便有了"祸水"之称。

可爱的小乔，你为女性，赢得了郁郁芳名！

千古儿郎，都爱慕你，小乔——

周瑜爱你聪慧，给你建立梳妆台；

曹操爱你美艳，给你造了铜雀台；

我也爱你，为你的胸怀胆略，在我心中，给你筑了一座长春台！

大孤山

据说是仙女的一只绣靴，落进鄱阳湖中，才变成了如鞋一般的大孤山——

我想，那是旧时过往商旅寂寥中的单相思！

其实，娇小的仙女，根本与它无缘。不是在中华民族历史上留下巨大脚印的好汉，怎能穿下这硕大无朋的鞋？

大孤山哪，百世千秋永不磨灭的大鞋，你叫人想起代代英豪的叱咤风云、艰辛跋涉！

青云谱

我喜欢国画，尤其仰慕八大山人——

爱他作画时放纵恣肆、不泥成法的笔势；爱他画中清疏的侠骨、飘然的逸气。

如今，来到豫章古城外的"青云谱"——

八大山人隐居多年的风雅幽深院落。

一幅幅笔简意蕴、潇洒脱俗的水墨大写意，一方方"笑之""哭之"的八大山人图章、题款，引起了我画外的思索：

　　八大山人，一位藐视权贵，敢笑敢哭的封建王朝的逆子贰臣；

　　八大山人，一位以画写心、寄寓家国之痛的耿介之士；

　　八大山人，一位反对因循守旧，勇于革新的画坛领袖！

　　没有思想，没有气节，便没有艺术的灵魂。八大山人，你名满天下，难道仅仅是因为技艺超群？

庐山云

　　诡谲的庐山云，你迷惑了多少世人的眼！有人赞你虚无缥缈，如梦如烟；有人爱你似是而非，朦胧莫辨；有人夸你妩媚多姿，随风游转……

　　骄傲的庐山云，你果真也有些伎俩：气吞中国第一大湖的含鄱口，有时也会被你一抹流云遮蔽了！

　　轻飘飘的云哪，你却占据不了我的心。要是没有庐山俊美挺拔的风骨，要是没有长江畅达丰盈的血脉，你呢，不过是一缕四处流浪的孤魂！

　　你可知道？庐山云，你是依托着名山大川，炫耀着自己的美色呢！

武夷山写意

"武夷风景是属于世界的!"——1978 年开放旅游以来,不少海外侨胞,外籍华人谈及武夷山水,得意之色,溢于言表。今秋,随"全国青联台籍青年访问团"前往探胜,果然名不虚传。山中掬得杯泉片茗,因成三章。

九曲宾馆

九曲宾馆,武夷山的眼睛。过往游人,总忘不了这秀媚多情、楚楚动人的明眸!

重阳前夕,暮霭苍茫中,访问团抵武夷。车停处,云里空山,一鞭残照,大王峰、鹰嘴岩、骆驼岭、隐屏山蜂拥而来。人,仿佛一下子落入了原始洪荒世界。

谁知穿过五曲桥头，却见一段水蛇般的柏油小径飘然而来。路侧，木芙蓉绽得正欢，红敌胭脂白胜雪。一段暗香，影影绰绰，似乎伸手可掇，愈近愈浓，酒香似的醉人——原来是晚桂花开时节！

步上慢坡，便见一幢玲珑白楼，亭亭地立在翠峰环抱、清溪逶迤的芳草地上，古色古香的松皮匾缀着"九曲宾馆"四个隶书大字。

拾级登楼，笑盈盈的服务员忙接过行李，递上一盏香气氤氲的武夷岩茶……

进客房，推窗一看：屏屏青山，曲曲秋水，移步换形，俯仰易色，纵使丹青圣手，怎能绘就如许灵活山川？游人一瞥，涤尽了征尘风霜。

居宾馆，清晨可观日出，黄昏能眺夕照；云从窗入，鸟啼栏前；满目苍苍碧色，一庭杂花生树；登山归，有宾馆主人嘘寒问暖；涉水回，有山珍佳肴供我品味……

一位老态龙钟的芝加哥华侨，离别时为宾馆拍下一帧玉照，上题："多谢武夷人，天涯长相思。"刚从异域辗转回国的青年小阮，在日记上写道："九曲宾馆，宾至如归。"……

武夷，美的岂止山水？更有九曲宾馆娟丽温存、顾盼生辉的眼波，暖人心扉！

仙凡界

来武夷，谁能不想登"第一胜地"天游峰？天游峰顶，有巨石勒"仙凡界"。据说游人一跨此界，便从凡尘升入仙境了！

恰是重阳登高日，我们从九曲宾馆出发，穿"云路"、入"云窝"、攀"问樵台"、进"聚乐洞"、临"仙浴潭"，便见危峰突兀，壁立千仞，石级凌霄，长松方竹掩映，翠岚白云舒卷。登山者头足相抵，只许向上，不容退下。耳边鸟语婉转如诉，身旁云朵穿襟入袖，由下仰望，人真是飘飘欲仙哩！

临极顶，踏上仙凡界，已是眼花腿酸，大汗淋漓。"脚力尽时山更好"——眼前豁然开阔，几十丈宽的平台繁花缤纷，奇香袭人。正中一座典雅古朴的庙宇，为天游峰平添了几分仙风道骨。回眸四顾，但见群山被云海吞没，只余点点峰尖，如海上小岛，漂浮在一片雪浪之中。这时，山水、天地、仙凡之间，全分不清界限，只觉得人已超然物外，唯存一点性灵。啊，不经一番艰辛跋涉，怎能置身如此出神入化境地？

勇士攀登、懦夫却步的仙凡界啊，千古以来，你可不就是一块人类意志的试金石？

星村放筏

你乘过世上最古老的行舟吗？——那武夷山中九曲溪上苇叶儿似的竹筏啊！

从星村渡起，清溪环绕十五里，九曲流水，一曲数峰，一峰数景，变幻莫测，绮丽迷人哪！

我们租得竹筏一片——一片单筏仅容三人。坐竹椅上，仰头是天，天淡绿，低头是水，水深绿，夹岸青山，一派墨绿；连空气，都渗着朦胧的绿……我觉得自己也变成了一只翠鸟、一头青蛙、一片山茶、一掌荷叶了。这小小竹筏里绿的山川、绿的生灵、绿的心境啊！

"我给你们讲'古'吧！"放筏的船娘拿篙尖指点近水远山，娓娓地说：

这山是卧狮戏球，那岩是纱帽缀玉；

这石是和尚背尼姑，那台是仙人更衣处；

有金鸡啼月洞，有虎头插花岭。

......

为什么山号"武夷"——那是彭武、彭夷兄弟俩为当地治洪抗灾，人民纪念他们，才把这片奇山异水命名"武夷"哪！

哦，玉女峰到了——你看，那袅袅婷婷的三片巨石，就是姐妹仨呀！大姐正临水簪花；二姐正对镜画眉；三姐呢，远眺大王峰，正为大王害相思哩！

......

天啊，船娘竟是武夷山的民间文学家！无知的山川，古老的传说，被她绘声绘色地一描摹，真是形神毕肖、含情脉脉了！远方的来客，纵使走遍海角天涯，怎会忘了这里聪颖的船娘、美丽的神话？

中华儿女用自己的才华，给美好的山水附丽了智慧之绿——这伟大的生命之绿啊，将与万古山河一样永存！

大西北的月亮

有一轮月亮，照在我的心上——那一轮永不亏蚀、永远丰盈的月亮呵！

车过达坂

"达坂城的石路硬又平啊，

西瓜呀大又甜，

那里来的姑娘辫子长啊，

两个眼睛真漂亮……"

我曾经千百次地唱过这支歌，这支充满维吾尔族情调的、流溢着爱情和丰收的喜悦的吐鲁番民歌。

如今，当颠簸的大巴士沿着如同锯齿形篱笆的银色的天山，驶近达坂城，我的视力所及，是漫漫的戈壁沙原，是河谷里被秋风染黄了的红柳和沙枣……啊，达坂城的姑娘，我心中的狄丽板儿（美人），你在哪儿？

忽然，一辆披红挂绿的彩车，缓缓地驶过来。欢乐的唢呐、手鼓、热瓦甫，拥簇着一位娇艳的新娘：弯弯的秀眉像初月，闪闪的明眸像星星，羞红的脸蛋是初升的太阳。我忘情地喊起来：

"阿娜尔古丽！热娜！阿依古丽！"

新娘撩开半透明的面纱，朝我妩媚地笑了笑，我们的车子错毂而过了。

"她的新房将安置在何方？

那里像不像这儿水丰草旺？

她就要离开生养她的阿吾勒，

去到那人生地疏的异乡……"

远远地，传来了一位哈萨克老人深沉浑厚的歌唱——那是《婚礼歌》"森斯玛"中的一段。

我想，莫不是眼前的美满姻缘，使他回想起当年远嫁他乡的情人？

街 头

古尔邦节的吐鲁番街头——

到处是金子般的哈密瓜、翠玉般的西瓜、珍珠般的葡萄；到处是鲜红的绣花小帽、雪白的袷袢、五彩云似的衣裙；到处是深情的都达尔、快乐的卡龙琴、欢腾的麦西来甫；到处是香脆的馕子、芬芳的砖茶、诱人的羊肉串……

啊，粗犷、单调的大戈壁，你拥有一位多么俏丽动人的女儿——吐鲁番，我这来自南中国的客人，深深地被你迷住了！

对于我，这里是道地的异乡，只能凭借衣着和歌声，去分辨维吾尔族、蒙古族、回族、塔塔尔族人；只能凭借手势和眼神，去体味小伙子的探询、老大娘的祝愿……

我想找一个落脚的地方，一位回族青年把我领到宾馆；一位蒙古族姑娘，为我端来一碗马奶酒；一位维吾尔族小巴郎，递给我一牙金灿灿的"网纹香"……

我不知道该说汉语的"谢谢"，还是维语的"哈西"……我不知道该怎样表示我心中的感激和欢喜！

啊，对于我，这里也如同故乡一样，有香甜的瓜果、有淳美的风俗、有亲人的温情！

在这里，叫人渐渐模糊了地域和民族的差异……

走进神话

谁不知道《西游记》里的火焰山呢？——"有八百里火焰，四周寸草不生，若进得山，就是铜脑盖，铁身躯，也要化成汁哩！"——

可那是神话呀!

眼下，这蜿蜒几百里的丹山赭岭，熊熊烈火似的，一派红光逼人，烟云弥漫。这，却是真正的火焰山!

我走进神话里来了!

这儿，雨珠还没落到地面，在半空里早就蒸发干；这儿，沙里能焐熟鸡蛋，热风能烫伤人，怪不得人们叫它"火洲"!

啊，这样酷热、荒凉的地方，怎能有生灵、有农田、有活的希望？

哪里去寻找铁扇公主的芭蕉扇？

然而，就在这里，我亲眼看见花园里生长着鲜嫩的蓝菊花、火红的石榴；看见山坡上雪白的羊群悠然地踱着方步；看见支起花布凉棚的小驴车，坐着卖西瓜的艳丽的维吾尔族小妞……

更有人间美景哩!

就在火焰山下，有一条绿色的长廊，清泉涓涓流，游鱼戏碧波。琐琐葡萄、无核白、马奶子……一嘟噜一嘟噜挂满枝头!

我走进神话里来了!

葡萄园里飘出一群仙子般美貌的姑娘，说说笑笑地，把一篮篮丰收和喜悦，献给远道而来的游人……

我忽然领悟了：她们灵巧的双手，不就是征服火焰的芭蕉扇？

古　城

这就是交河古城——黄土垒成的奇迹！

风用它的神刃，把那断墙残穴，切削成无数美不胜收的风景：有春笋插天、有横戈倒戟、有小鸟交吻、有双羊相舐、有桂林的独秀峰、有巫山的神女……

城西高大的官府衙门，还有宦家的遗威；城东低矮的手工作坊，还有小民的烟炊。啊，地老天荒，古城的一切，全默默无声！

我在汉代的房舍里小坐，我在唐朝的街道上穿行，看见古井绳槽还在，里巷焚迹犹存。啊，古城的一切，纷纷告诉游客：两千年的沧海桑田、朝代兴衰……

清寂、安谧的古城，静静地卧在吐鲁番九月的黄昏里。那一种神秘、古朴、凄迷的美丽，使我想起了古丝绸路上熙熙攘攘的商贾、僧侣；想起了汉代戎马倥偬中匆匆来此的名将班超；想起了唐朝万里远嫁到这儿的公主，以及玄奘洒泪交河西游印度的种种传奇……

这时，几位日本、西欧来客，兴冲冲地向我走来，不绝口地赞叹这美妙的历史遗迹，手中的镁光照相机闪烁不已！

我感到一种博大的骄傲——啊，我的聪明、智慧的祖先，您为世界留下了多么神奇、美好的造物——这千古不朽的史诗！

红柳河今昔

传说，这里原来是一片荒凉的大漠。

只有一片零落、凄凉的红柳；

只有一家杀人越货的黑店；

来一阵铺天盖地的风沙，便把一切生命全埋没……

今天，我来到这儿——

看见苍鹰在碧绿的果园上空低低地盘旋；两排笔直的白杨，在宽阔的大道远方，汇成一个句点；片片雪白的棉铃，被夕阳镀成金黄；沉沉暮霭里，葡萄美酒逸散着芬芳，一群群农场职工下班了，自行车像鸽子一样飞翔……

广袤、富足的土地呵！难道关于过去的传说，纯属虚妄？

啊，不，二十几年前，有一批来自东边的好汉，把血汗、青春和爱情，全带给戈壁滩！你问一问残存的地窝子，问一问旧时开荒的镢头，问一问老军垦手心硬硬的死茧、额上弯弯的皱纹、头上星星的白发，它们全会深情地向你诉说，诉说当年的天灾人祸，当年的苦泪和欢歌！

我穿过一大片秀丽的河谷。

那里，绿色的草地上，穿红衣的维吾尔族女儿正在打水，无名的小河汩汩地从她身旁流过，大白鹅穿过丛丛野蔷薇、嘎嘎嘎地唱着歌……我看见每一处庭院，都有一架鲜葡萄，每一个二十岁的维吾尔族女子，都水灵灵、甜蜜蜜的，像"马奶子""香梨黄"！

啊，红柳河，多少颗不屈的心，多少只伟大的手，造就了你这片迷人的绿洲！

我想去寻找一位昔日的创业者，听一听他关于未来的思索……

别

大河沿车站。

依依的我，依依的你，话儿梗心头，相看两无语……

就这样分手了吗？我的火一般赤诚的火州友人——

相聚的时光太短了，相逢的日子待何年？

啊，关于天山；关于大漠；关于葡萄、哈密瓜和麦西米甫；关于红柳河的创业、老军垦的悲欢；关于火州的新蓝图、大西北的未来……还有，那令人销魂的木卡姆音乐、叫人爱恋的吐鲁番姑娘；还有，你驱车迎接我时那欢畅响亮的笑声、举杯为我饯行时那惆怅黯淡的目光……难道，这美好的一切，很快地，只能成为梦中的情节？

你按维吾尔族人的风俗，轻轻地吻着我的额头，说：

"别忘了，明年九月，瓜果飘香的时候，再来这儿！"

灯光下，一颗金色的泪珠，滑过我的腮边，沉沉地落在戈壁滩上……

一轮满月，伴我离开了富饶、美丽、多情的吐鲁番！

啊，明年九月，我怀着希望……

两岸青山玉带水

七十五年前，新西兰人艾黎接受宋庆龄的委托，来到长汀。他说：

"中国有两个最美的小城，一个是福建的长汀，一个是湖南的凤凰。"

凤凰筑于元明，背衬南华山，拥沱江如翡翠；长汀建自唐宋，依托卧龙山，有汀江似虬龙，两城皆山水相伴尚品城池也！因沈从文诞生于此、因沈从文的《边城》，凤凰名满天下！而"十万人家溪两岸，绿杨烟锁济川桥"的长汀，千年以往，留下了张九龄、苏东坡、黄庭坚、陆游、宋慈、文天祥、徐霞客、王阳明、上官周、纪晓岚、伊秉绶、黄慎等名人墨客的珍贵足迹和不朽篇章！在我心中，充满少数民族风情以及神秘楚巫文化的湘西名城凤凰，是一枚玲珑的古玉；有如观音挂珠、山川雄奇俊秀的长汀，却是一柄熠熠生辉的宝剑！

古玉虽云贵，宝剑更辉煌！

汀江，我用"母亲"为你命名

你到过汀江吗？

汀江，那是一脉多情多义的流水，从西晋始，大量汉人因战乱而纷纷南迁，汀江便以宽阔的襟怀接纳了一批又一批颠沛流离的客家先民，哺育了一代又一代来自四面八方的客家儿女、孕育了传承千秋开花散叶海内外的客家文化。

汀江，那是一条来自遥远岁月的古色古香灵韵悠长的大江，她造就了名闻天下的"一川远汇三江水，千峰深围四面城"的客家首府汀州，留下了数不尽的古城墙、古寺庙、古驿站、古码头、古廊桥、古民居、古街、古碑、古亭台楼阁等永垂青史的文物古迹。

汀江，那是充满正义呐喊回荡英雄悲歌的炎黄血脉，缔造共和国的伟人毛泽东、朱德、刘少奇、周恩来、邓小平、陈毅、叶剑英、陈云等，曾在这儿叱咤风云；为民族解放英勇就义的烈士瞿秋白、何叔衡等，在这里留下了白骨青冢。为了祖国的新生，汀江人不惜抛头颅洒热血，汀江边的每一寸土地，几乎都倒下一个汀江儿女！

汀江，你的每一只竹排，都在诉说着你的慷慨、你的博大、你深沉的情怀和伟大的奉献；你的每一滴水珠，都记录着你源远流长的苦乐悲欢和盖世辉光！

今天，时代进入 21 世纪的今天，在汀江旅游航程的开发中，"两岸青山玉带水，十里田园入画廊"，百媚千娇、拥绿偎翠的江流，映衬得沿途乡村秀色可餐绮丽如画，真可谓一步一景，步随景移，风姿绰约，仪态万方，引来了千千万寻幽览胜、凭吊名人故居、追随红色足迹、探访母亲河、回归心中圣地的四海慕名者和汀州天涯游子！

汀江，你是客家人的母亲河，也是所有革命者的母亲河。世上，万事万物都可忘却，可谁能忘却自己的母亲呢？

于是，汀江，我用"母亲"这个神圣的字眼，郑重地，为你命名！

两岸青山玉带水，十里田园入画廊

如果说，县城里有无数古韵，令你回首汀州千年风雨；今日来游，更叫人倾心的是或信步汀江品阅山川秀色，或一枕清流聆听涛声如歌。

从县城出发，上 205 国道约 30 公里至新桥镇，自新桥镇新桥村到庵杰乡涵前村，沿汀江两岸连绵 20 公里的河谷地带，俗称十里画廊——这里河道蜿蜒如游龙，碧水清澈似明镜，空气甘甜微馨清新如洗，农舍妍丽如花散落如荸，"人家在何许？云外一声鸡"，好一处世外桃源。

田园风光

　　这里满目青山，浓绿浅翠，成片的黑叶锥林、鹿角锥林、南方红豆杉、福建柏、日本黑松、中华杜英、香樟、花梨木等名木如阳刚铁汉，满山的枫香、华山矾、金桂、细柄蕈树、小蜡、赤叶杨、枳椇、朴树、山乌桕、椤木、石楠、青冈、白桂等秀树如谦谦淑女；野生兰花的幽芳，令你领略豆蔻香闺的吐气如兰，数千种五彩斑斓的真菌，让你眼花缭乱，珍贵的蓝菇也在这儿落足。王安国词"不肯画堂朱户，春风自在杨花"，其此地之谓乎？山间有艳光四射的白颈长尾雉，有风雅如士子的白鹇，有华丽的金裳凤蝶，有潇洒的苍鹰，还有偶尔露峥嵘的野猪和狗熊……这里的山崖水畔，有鸬鹚抱颈而眠，有鸳鸯戏水，有水鹿徜徉，有蜥蜴穿梭，有蟒蛇逶迤，清波中有锦鲤游弋，泥涂中有拟腹吸鳅出没……苏东坡诗"水清石出鱼可数，树深无人鸟相呼"，是此处的真实写照！这里老干苍藤，春来春去不相干，百转千回，总要撑起一串串乳芽新绿；这里不知名的山花，不论季节不计花期，总是灿灿烂烂无拘无束地开放，一簇簇一朵朵就像婴儿粉嫩的笑脸，真应了梅尧臣"野凫眠岸有闲意，老树着花无丑枝"的诗境了！这里一片片如江如海如云如雾如梦如幻的翠竹，绿韵悠悠轻吟细细，如丝弦如管乐，如伯牙子期品琴、如文君相如幽会，令人忍不住想起寇准"日暮汀洲一望时，柔情不断如春水"的千古佳句了！

云浮千峰　可渡不动之舟

有两座神奇的大山——八宝峰和大悲山，与十里画廊相依相伴。

八宝峰古称翠峰山，这座佛教名山地处汀州城北的翠峰、庵杰、铁长、新桥四乡交接处，离县城 20 公里，海拔一千多米，山势雄伟峻拔，洞壑幽深莫测，花树松竹沸沸扬扬郁郁葱葱，满山翠鸟啼鸣泉声如诉。传说当年定光佛在此修炼，捏石为具，裁云为衣，吸纳天地灵气，采集日月精华，最终得道成佛。这儿从此留下定光佛修行时所用的石灶、石桌、石凳、石碗、石人、石马、石狗、石龟，故此山名"八宝"。

八宝峰开发于宋代，山上建庙，称峻峰寺，佛香四延，历代多经修拓，信众弟子展布各地，今闽粤赣琼各方僧尼，多出此门下。寺中佛香、茶香、花香、草香，竹影迷离，天风浩荡，真是绝佳修身养性之地。

八宝峰之绝，在于云海。立峻峰寺前，只见白云如雪涛汹涌奔腾而来，四周青山，如芥舟点点，浮游于一派茫茫白浪之中，那是"大江东去，浪淘尽，千古风流人物"的境界了；转瞬之间，又见银山壁立，"横看成岭侧成峰，远近高低各不同"，浮云缭绕，玉带飘飘，如西藏雪域神山上披挂着一条条银色的哈达，那是亦梵亦佛的清凉世界了；一阵风吹过，云山倾玉山颓，便见好一幅大写意淡墨山水画卷迎面舒展，轻纱薄雾，影影绰绰，小桥流水，似有如无，那便是唐诗宋词里的烟雨江南了！八宝云海的诡谲多姿、变幻莫测，真令人叹为观止！

我来八宝峰，想到清朝厉鹗《百字令》里"林净藏烟，峰危限月，帆影摇空绿。随风飘荡，白云还卧深谷"的诗句，恍若步入清虚之境，有一种物我两忘之感沁入心中，令你忽略浮生苦乐……

当然，我来八宝峰，见虚渺云海能淹没万古雄峰，"总为浮云能蔽日，长安不见使人愁"，不免想起古往今来多少志士仁人的悲欢往事……是呵，物我两忘，只在片刻；触景生情，"风声雨声读书声，声声入耳"，那才是真实的人生感悟！

山称大悲　自有清韵如禅

我是读了刘超苏先生的诗章：

仿佛应和了前生的召唤
与你相约，大悲山
过往的风
都有悲天悯人的低语

才决定去拜访大悲山的。因为，我心仪那一份深入骨髓的禅韵。

大悲山在庵杰乡长科村与铁长乡洋坊村之间，距县城约30公里，海拔1234米，巍峨峭拔，为汀东最高峰，主峰高耸，群山环伏，如莲座托举观音结跏趺坐，妙趣天然，故山名"大悲"。峰顶宛如笔尖，黎明时分，旭日初露，从山尖笔锋上冉冉升起，这是大悲山最瑰丽的美景。

山上有寺，建于明朝，古称普慈院，后改莲峰寺，供奉观音菩萨于此。"庙宇立于高峰，众山皆小"，近可望汀州涌翠，远可眺赣水苍茫。莲峰寺是汀州十大名寺之一。梵呗声声，赐大悲福音；芸香袅袅，祷众生平安，四海香客，摩肩接踵而来。

山间古木参天，奇花遍地，千年野生红豆杉群，至今茂密葳蕤，年年都有滴血的红豆悄然落地，那是守望千秋的相思啊，让你慨叹大自然果然存在生生不息的生命和不离不弃的爱情！

山里人家，土墙靠崖而筑，青青竹瓦覆顶，烧的是信手拈来的茅草树枝，喝的是竹筒引来的清泉活水，"一片水光飞入户，千竿竹影乱登墙"，房舍大抵掩映在绿竹丛中，房前屋后，有梅、兰、菊、紫荆等，四季笑口常开。

至山中已近中午，但见炊烟四起，随便走进一户人家，纯朴如红土地的山民，并不问我从哪里来到哪儿去，只是如见故人般乐呵呵地捧出山蔬野味，让饥肠辘辘的来客大快朵颐。

在这里，我想起了厦门后溪镇闽台民俗村的一副对联："小时候快乐很简单，成年后简单很快乐。"是啊，这里的生活很简单，这里的人儿很快乐！

在莲峰寺，我曾请教佛门师傅何谓"大悲"？师傅双手合十："怀有慈爱与悲悯，让众生感到快乐！阿弥陀佛！"

大悲山名副其实禅机深深。师傅简洁的开示，也清韵如禅！

古江之源　有龙穿门而过

二十里山水画廊，终点在龙门。龙门古称龙门峡，位于庵杰乡涵前村，离城 32 公里。

天下水流东，唯汀江朝南。穿过龙门峡的汀江，迎来第一县长汀，又汇百溪逶迤南流，过上杭入粤境，与梅江汇合成韩江，经潮、汕注入南海。"盈盈江水向南流，铁铸艄公纸作舟。三百滩头风浪恶，鹧鸪声里到潮州"，因此，龙门峡为古江之源头。神州大地龙门甚多，然皆无门，独龙门峡真有其门，"天生一个龙门洞，千里汀江一线牵"，是闽西一大胜景。

我到庵杰，已近黄昏。遥望龙门，大山就像一条腾飞的巨龙，其突兀的峭壁酷似龙头、两眼炯炯有神，崖壁石缝藤蔓丛生，风来如龙须轻拂。山间有巨洞，洞旁怪石嶙峋，或如龙爪，或如龙心，或如龙胆……形神毕肖，气势磅礴！洞下，涛声如鼓，隆隆作响，有如金戈铁马鏖战沙场。水深绿如琉璃，时值炎夏，置身其中，仍觉凉意透骨。与思翔、月生、哈雷诸君乘竹筏顺流入洞，清风习习，泉声泠泠，似鼓瑟、似鸣琴、似啼鸟嘤嘤，让人耳清目明五内俱爽。至山崖最低处，纵然将头伏至膝盖，仍心中惴惴犹恐"碰壁"，真是"竹筏穿过龙门峡，不甘屈服也低头"了。据说每至春夏山洪暴发时节，洞内江水澎湃怒吼，声如巨雷，人立洞口，可见江流喷涌犹如蛟龙吐珠白浪排空,壮观极了!

　　沿洞门右侧小路拾级而上,穿越"一线天",至半山处有石林一片,千姿百态鬼斧神工的钟乳石琳琅满目。到峰顶,有梵宫,古称"龙神庙",现为修葺一新的五谷神庙,乡人常来朝拜,祈求庇佑一方风调雨顺五谷丰登。

　　走出高崖古渡、深潭老庙,只见渡口村落散漫,油光闪亮彩羽斑斓的公鸡母鸡们悠然闲庭信步,家家门前一汪碧水,满塘荷花或红或白正开得精神。有大坝拦溪形成的清亮亮的瀑布,水声哗然如唱山歌。

　　途经石人村,好客的主人邀我等至一高姓山家饮茶消乏,交谈之下,方知主人自厦门同安来这儿开厂卖茶,对我来说,竟是异地逢乡亲了!飘溢桂圆香味的盏盏清茶,韵味醇醇如甘露,我想,这便是龙门峡泉水的功德了——好茶配好水,那才是金玉良缘哪,难怪高先生要离乡背井迢迢来此经营了!

　　离开龙门,圆了十里画廊山川梦,已是暮色苍茫,蛙声嘎嘎如送客,柳线依依似牵手,此情此景,君能不回头?

美丽的香港

这是一颗真正的东方明珠，过去，我对她的误解多于对她的了解。

远　眺

儿时，我曾随父母乘客轮经香港回故乡，船抵维多利亚港已是黄昏，大人们上岸去了，把我和弟弟留在舱中。香港在我的记忆里，只是潺潺如催眠曲的浪语涛声和一片橘红色的奇妙如童话的灯火。

去年十月到香港，算平生第二次也算第一次。

那一天从厦门和平码头搭"集美"号，蓝天碧海，顺风顺水，海行一昼夜，第二日黎明一觉醒来，香港外郊已遥遥在望，绿葱葱如春秧的海面上，浮泛着点点云山，似髻如螺——这一串串小岛是香港之外的离岛。离岛上，劈青山而建高楼，一律是雪白的高层楼群，如碑如林——全是欧式建筑，极为豪华美观。凭舷远眺，有白色巨大的雷达群停泊海面，有白色的巡逻艇游弋海中。给人以现代化良港的美好印象。

经本岛，香港名胜海洋公园、浅水湾、深水湾、太平山、老衬亭等如画卷舒展，一一从眼前飘过。沿途风景美加上建筑美，令人心旷神怡，如置身画中！

早饭后，香港沙滩在望，沿岸绿树如林，在晨风中婆娑袅娜如迎远客，香港——这妩媚的东方之珠，已近在咫尺。

十时许，驳船将客人带往九龙大角咀码头。一上岸，就碰上笑眯眯如弥勒佛的鹭江大厦港方总经理施先生和他美丽的太太，大家亲切握手，这位既是企业家又是香港《文学报》总后台的乡亲，殷殷至嘱择日接风后方才分手。

大角咀濒临维多利亚港——这儿是世界三大良港之一，沙明水碧，风光秀丽，使人想起故乡鹭江畔的东渡新港。

初 会

中旅社的导游小姐杨丽芳、何慧英早已候在码头，将旅游团一行数十人带上豪华大巴。于是我们开始了真正的香港之旅。

香港给我的第一印象是高楼林立，车水马龙，令人眼花缭乱。

有意思的是司机一律坐左边车座而行人也一律靠左走，更有趣的是车子也住高楼——十来层的大厦，一层层如螺旋盘旋而上，汽车按顺序一辆辆开上去"停泊"在楼中。请教杨丽芳小姐为何如此，她说：

"这是停车场，香港地皮少，建筑大抵向高空发展，所以有了汽车住洋楼的奇观！"

杨小姐又说，香港交通非常发达，飞机、火车、轮船、地铁就不用说了，汽车密度也是举世闻名，有一种电气火车、开三十五分钟就到深圳罗湖。

说话间，大巴停下，何慧英小姐请游客下车共进午餐。

大家走入预先定席的"红磡四季火锅"——初看店面，以为不过是风味小吃店而已，谁知一进店内，竟如走入书香人家的客厅一般，迎面而来的是龙飞凤舞、镶嵌在玻璃镜柜里的宣纸对联：

人生得意须尽欢
莫使金樽空对月

还有泥金红底的关于茶、酒的诗词书法、山水丹青，古色古香古趣，传统的中国国粹，给这酒家增添了风雅的文化气息。侍应生彬彬有礼笑容可掬，端香片递手巾好不殷勤，台布、桌椅、刀叉、盘碟无不整齐洁净，令人身心愉悦有宾至如归之感。

说是四季火锅，其实吃的是广式酒席，汤头味道与广州大同小异，只是便餐也按大宴规格，小碗小碟分菜分汤，给客人以十分的方便和满足。

饭饱茶足之后，众人登车经海底隧道至香港，沿途经繁华热闹的尖沙咀、湾仔，高摩云天如倒立方瓶的威尔斯王子大厦，银光闪烁的汇丰银行大厦，至香港的心脏地带中环——世界三大金融中心之一在此，然后停车在中环一带的绿晶酒店。

那由深绿浅绿柔绿嫩绿组成的美丽幽雅的"绿晶"楼，便成了我暂时停泊香港的方舟。

下午略事休息，明知内地妹仔两袖清风，却有亲朋戚友同学老师不断打来电话，使人心里不免涌起一缕温热。

黄昏，杨、何二小姐带我们乘车上珍宝轮海上夜总会。珍宝轮上，灯火辉煌，筵开千席，游客盈船，灯红酒绿，觥筹交错，好一派繁华升平景象。乐池中歌星唱了一曲又一曲，大抵是流行歌曲，也跳迪斯科，彩灯明灭，无非夜总会风光。歌声舞态，倒也平平，应景而已。依船舷，望四周楼层海面，无数灯火织成一张金光灿烂的巨网，网住整个香港岛，维多利亚港便成了一条珠光宝气艳丽绝伦的金项链，不夜的九龙机场通明如昼，每隔五分钟便有一架飞机起飞——据说香港每夜仅灯光一项便耗金一百万美元，那一份豪华，可想而知。

船上遇首批回大陆探亲的台湾旅行团，知道我们来自厦门，极为亲切热情，忙将桌椅并作一处促膝交谈，颇有"他乡逢故知"的情味。

深夜归来，长街灯光似水，高楼广厦霓虹灯如彩色的眼睛，招商局、当店、天桥的灯光，一一如流星忽闪而过。到了夜间，豪门淑女般的香港才露出了她浓妆艳抹之下的雀斑与皱纹。

沙田·宋城

沙田以前应该是香港郊区农村，现在却是赫赫有名的卫星城，从九龙乘车，十来分钟便可抵达。

车入沙田，树绿花红水清沙白，空气顿觉新鲜许多。而且耳目清净，少了许多城市喧嚣。

扬名世界的沙田跑马场令人叹为观止。这儿拥有可供七万人参观的看台，具有世界最大的荧光屏，以及最现代化的跑马道。这儿每日牵制了成千上万祈求侥幸发迹的"赌马"者的心。这儿的马匹，配备有专门的音乐室、按摩师，每日清晨必须由专人带到草地上散步。

三座高耸入云的大厦——希尔顿中心、伟华中心、新城市中心并连一起，形成了一套宏伟壮丽的高层建筑群落，楼下三座巨大的圆形音乐喷泉，水花喷洒如珍珠飞扬，乐声袅袅如流泉淙淙，四周纤尘不染，给人以高雅美丽洁净舒适之感。二楼连着地铁，有图书馆、大会堂，以及食物、服装、鞋帽、百货、眼镜、书籍等各种商场，三楼另设地铁商场、楼中公园、儿童娱乐场、欢笑乐园等。在这样的地方，一切的生活、娱乐设施全部具备，足不出户便可以享受最现代的物质与精神文明，方便、舒适自不待言，现代化的建筑艺术加上高效能的综合利用，实在令人赞叹不已！

据说六十年代的沙田还相当萧条，最艰难的是居民吃水问题——四天才供一次水，逢上供水日，孩子不上学，职工不上班，专门候水，于是成全了制造塑料花的商人李嘉诚改做塑料水桶生意，结果发了财购地皮，一翻再翻成了天下富翁，这是后话。当时，党中央对沙田缺水十分关心，特地指示引广东东江水进新界，才解决了喝水难题。接着，政府建设丁屋给当地菜农居住，又不断盖高楼大厦工厂，于是，菜农们在附近找工作十分容易，加上地铁、汽车、小巴来来往往，非常方便，沙田才真正改变了六七十年代的景观，成了香港一块幽静秀丽又闪烁着现代化光辉的沃土。

宋城的名气很大，但亲临其境，也不过是十里洋场四周摩天大厦中一角玲珑的人造古迹、一个小小的假古董而已。但回头想想，在这充耳"OK""哈罗"声中，能有这么一点民族传统文化，也算难能可贵。

宋城是一组仿宋建筑群，飞檐起脊，厅堂街巷，一如宋时建制，连城内全体工作人员，不分男女老幼，也一式宋朝打扮。走进城里，长衫方巾，彩裙螺髻，连说话也带三分古典滋味，令人以为误入戏台。最有意思的是蜡像馆，内塑历代帝王七十人，每一尊帝王皆形神兼备，栩栩如生，四周的环境又极和谐，给人一种历史氛围："江山代有才人出，各领风骚数百年。"对于中外旅客，参观蜡像馆的意义远远不止于猎奇，它是一部立体的中国史，它给人以知识和思索。

宋城的餐馆也是宋代模式，有宋代文人墨客苏东坡、欧阳修、周邦彦等人的诗词书画，一派文墨书香气息。

另一馆中设有各类作坊、药房、相术馆、食品摊等，连同堂倌侍女，皆是宋时模样。好一派盎然古趣。

问起宋城何人所建，何小姐指着墙上牌匾，方知是明仁船务贸易有限公司施永宗先生捐建，这一别出心裁的建设，不能不说是一大公益善举。

走出宋城也是走出历史，门外正拓道路，建高楼，工地上汽车奔驰，推土机轰鸣，那一种现代景观，使宋城之游转瞬便成为梦境。

水中之诗

香港海洋公园里的海族馆留给我的是诗的记忆。

一进门便是珊瑚的世界，什么笙状珊瑚、菌状珊瑚、莴苣状珊瑚、桌状珊瑚、柱状珊瑚、脑状珊瑚、花絮珊瑚……红橙黄绿白蓝紫，千姿百态，五彩缤纷，在柔和的灯光下，更显得婀娜多姿仪态万方。

海藻乎？花朵乎？动物乎？石头乎？——珊瑚的真正身份，多少世纪以来一直是一个谜。于是，海族馆里有了诗一般的介绍：

——因珊瑚不会走动，有些科学家便认为它是植物。

——哲学家亚里士多德则认为它是会开花的石头。

——而中国古代文献却往往将珊瑚列入金石部分与珍珠翡翠

同类。

这些争议直到 18 世纪才有结论，在 1726 年，法国人裴逊尼基于长期观察活珊瑚生态之后，发表文章认定珊瑚是动物而非植物，自此，珊瑚的身份才正式被确定。

我看见水中的活珊瑚，长长的触角翕动如呼吸，米兰大小的艳红色的珊瑚花正悄悄地开放，有银色和深蓝色的鱼儿游弋其间。

我看见散漫似星群的橙色珊瑚在淡蓝的水箱里有如一江星斗，长长的黑色金边海蛇正写意地来回穿行。

我看见乳白色的珊瑚花像少女纤柔的手指。

我看见粉红色的珊瑚花像婴儿小小的手掌。

如菊花盛开的珊瑚树丛，长袖善舞的鱼娘环绕左右。

如樱唇微启的珊瑚花心，微微颤抖的珊瑚花蕊像姑娘含情脉脉的微笑。

有碧绿的珊瑚树如热带生机盎然的雨林。

有洁白的珊瑚礁如西伯利亚茫茫的雪野。

这些美妙绝伦的珊瑚，其形、神、色，丹青怎能描摹？难怪，平日或像窈窕淑女、或像高贵绅士、或如文官武卫、行伍军人的大鱼、小鱼、海龟巨鳖，全都拜倒在幽雅脱俗、千娇百媚的珊瑚公主的石榴裙下！

有人说珊瑚是水中之诗，海底雕塑，参观了海族馆，信此言不诬。

谁也想象不到在这里，珊瑚这小小的腔肠动物具有何等神奇的魅力！海族馆用科学的阐述、画的结构、诗的内涵以及现代化的灯光艺术，使它在游客心中留下了永恒的美好的记忆！

过山车及海豚

海洋公园的过山车令人终生难忘。

那过山车，车厢如气球，有红白二色，最高处离地二百多米，铁轨如腾空巨龙，三折盘旋均成九十度角，人必须在空中作两个高速全滚翻。未尝过滋味的跃跃欲试，已阅历惊险的摇头不已：

"乘此车，一次已矣，岂可再乎？"

也许乐于冒险是人类的天性之一，我当然也不肯错过机会，登上车厢卡上安全杠时心里虽仍不免有几分犹疑，但已经上车就绝无下车之理。待经过翻天覆地翻江倒海翻肠倒胃的一番惊险下来，我的感受是，如同下地狱走一遭，而同行的张先生说：

"坐一回过山车，真把人生的甜酸苦辣全尝遍！"

下车踏上平地时面孔铁青毫无血色仿佛大病一场，耳边许久许久仍是高空中飞车与铁轨相触时震耳欲聋的轰鸣。

在香港的那充满色、声、光等种种刺激的社会里，过山车也算是其中一种吧！

当然，公园里富于刺激的娱乐项目不止过山车，诸如能将人几十次地一会儿抛上天空，一会儿摔下"深海"晃得你翻白眼吐黄水的海盗船，还有几十辆飞车围绕一个圆圈，开动时如张开的螃蟹的

"八大爪"以及太空轮、过山龙等，无不惊心动魄，令人有九死一生之感。

如果在平淡无味的生活里要增添一点椒辣味，必须到海洋公园来。

但过山车之类留给人的记忆远远不如那随着音乐翩然起舞的海豚——那海豚或单只或成群，按着音乐的节拍，井然有序地前行、后退，顶着彩球做出各种美妙动人的姿态，那形象就像聪明可爱的孩童，一举手一投足都充满天真烂漫的气息，那神态又像高贵的艺术家，有一种进退合度舒展自如的迷人风度。

我不能不由衷佩服训练师坚韧不拔的毅力和炉火纯青的技艺。

百鸟居和标语

如果你没有到过香港海洋公园，实在无法想象在香港那样高楼林立连蓝天都被建筑群切割得支离破碎的繁华都会，竟能存在如许美丽的小鸟天堂。

沿通幽曲径上山，便见翠草茵茵如地毯，绿树扶疏如屏风，随处山花烂漫，野藤蔓延，瀑布哗然，流水潺潺，令人如入深山野林之中，完全的自然情趣。耳边忽有鸟语啾啾，抬头一看，有白臀山麻、朱连雀、翠绿斑鸠、阔嘴翠鸟、绿啄木鸟、橙头地鸫、黑枕黄鹂、蓝和平鸟、鱼狗、椋鸟、黑头伯劳等几十种鸟儿正嘤嘤啼鸣，似婉转歌唱又似呼朋引类，见游客，一双双眼儿滴溜溜地睨人，一点也不害生。山中有水塘，红鹭、绿头鸭、圣鹭、白鹭、白腹秧鸡，或嬉水，或凫游，或仰首亮翅翩然如舞女，或低头含胸信步如夫子，真是翠羽斑斓，花团锦簇，令人目迷五色。

望着"百鸟居"三个大字，我心中正诧异这么多美丽的鸟儿，纵有山泉花树，难保不远行高飞。导游小姐似乎颇解人意：

"诸位抬头，看看天空！"

哦，高高的天空，布下一张天罗地网，尼龙网络，细密晶亮，肉眼不易看清，毕竟小鸟们的命运还是掌握在人类的手心里！

步下山来，有一精致的鹦鹉馆，各种玲珑的鸟笼里花架上，千姿百态、艳丽夺目的鹦鹉：德国无花果、侏儒鸟、黄枕阿马逊、非洲灰鹦鹉、新安吸密鹦鹉等，"巧舌如簧"，或歌或诉，令人不胜愉悦。

最逗人游兴的是建于芳草地上的鸟屋——有形似巨大时钟的黄色小屋，有半圆如初八九的月亮的红色小屋，有翡翠瓦杉皮柱亭亭立于水中的八角小屋等，屋顶分别插着形形色色的鸟国国旗，屋里居住着各种各样的鸟国居民，鸟语交汇如扰扰市声，鸟友来往如温温人情，实在可爱极了！一座鸟屋是一个童话，它给人的享受远远不止是百鸟和鸣陶冶身心的美感，它还给人以纯真的童心和美好的童趣。

百鸟居是香港社会的奇迹，也是香港人心灵中的福地！

海洋公园引人遐思的还有触目可见的标语。在入门行人拥挤处，抬头可见"提防小手"；在低洼湿地，有"地面湿滑，敬请小心"；

在园中公共长椅上，有"保持清洁卫生，请勿踏足椅上"；在山上，有"高空掷物致人死伤，自律积德福比天疆"；在水塘边有"注意水深"……

各种标语告示，对游客或关照或提醒或劝勉或告诫或指导或帮助，不论是哪一种情况，标语的内容都是客客气气、文文雅雅，如亲人殷殷相嘱，如师长谆谆教诲，令人看了，心中自然而然地涌起一份亲切感，诚心诚意地按告示去律己诚人。这种告示，看似平常却含情其中，于是自然有一种难以觉察却能够体味的熏陶人心的魅力，它对于维护社会秩序，无疑起了朋友和导师的作用。

海洋公园的百鸟居是艺术，标语告示也是艺术，因此游人过目难忘。

汇丰银行一瞥

一天，我和张先生去参观汇丰银行。

赫赫有名的汇丰银行建在德辅道中中环，一式由银灰色的不锈钢建成，全部造价为五十亿港元。

走进汇丰，中国部助理研究经理黄彬先生和公关部甘明艳小姐彬彬有礼的接待使我有宾至如归的感受，黄先生娓娓动听地介绍并热情洋溢地带领我们参观——汇丰的建筑叫人不能不叹服现代科技的威力，它改变了人们对建筑学的固有观念——以前总以为建筑与土木分不开，然而，汇丰的建筑，不见水泥和木头，只有钢铁和玻璃。室内，二百五十块铝镜加上四百八十块玻璃构成的阳光反射镜，使每一间办公室都通明透亮。

汇丰共数十层，几十个房间一式铺银灰色的地毯，与主体建筑形成统一的格调，每一层楼均设会见外宾客厅——各厅一面可观山，另一面可眺海，太平山的秀丽和九龙的繁华尽收眼底。室内布置高雅整洁，到处有花有树——那些花树盆栽全是精心培育的，如同艺术品一般。

汇丰银行共有职员四千人，但不管你走进哪一间办公室，都静悄悄地无声无息，所有人员全聚精会神地工作，令人如入无人之境。在这里，森严的纪律与高效率的工作密不可分。

当甘小姐送我们走出汇丰，楼下的人行通道修建得如同广场一般，是理想的公众活动场所。

小车带我离开汇丰，从车窗远望这颗香港岛上的银色巨星，我心里有一种真诚的敬仰！

浅水湾半日

以前以为香港没有风景，到了浅水湾，才知道自己孤陋寡闻。

浅水湾是一片湛蓝秀丽的海域。我到浅水湾，是一个秋阳明媚的上午，入得浅水湾公园大门，迎面而来的是一副苍劲的对联：

爽气西来，云雾扫开天地憾

大江东去，浪涛洗尽古今愁

那气魄颇为雄浑，令人胸襟顿开。园内花红草绿，松风拂拂，有十来米高的观音娘娘塑像，面对大海，海滩上沙白如玉，波平如镜，水清见底，有石桥如龙，探首入海。右边山坡上艳阳下银光闪烁的楼群摩云穿日，衬着蓝天碧海，有如琼宫玉阙一般。左边青峰点点，如碧玉、如青螺，海面芥舟数粒，飘逸如画，游人至此，领略着草色花香，沐浴着天风海涛，面对大自然的清新秀丽，令人不禁心旷神怡、豁达开朗。人世间的蝇营狗苟、商场中的尔虞我诈，一时间全部丢到九霄云外去了。自然环境需要净化，人的心灵也需要净化，浅水湾是一汪净化人心的清泉。

山水因诗书而传世。没有文化的山川再美丽也缺少雅趣。浅水湾虽跻身于十里洋场之中，却到处充满中华文化气息。这里有洛神、王羲之的塑像，有警世的对联：

愿天下翁姑舍三分爱女之情而爱媳
望世间人子以七分顺妻之意而顺亲

这里的亭台楼阁，一律朱梁画栋，飞檐翘脊，给人以古典韵味，而台榭横批竖对，如：

屋后流泉幽咽洽香草

— 128 —

亭前垂柳珍重待春风

烟锁池塘柳

辉增镇海楼

松风水月，未足比其清华

仙露明珠，讵能方其朗润

等等，特别是万寿亭上，塑着三山浮雕，有短联：

东方之珠巨龙遨游

太平万世繁荣九州

有长联：

景衬万寿亭，狮踞龙盘迎瑞气

春临千载海，凤翔鲤跃兆丰年

情景交融，诗意美与风光美相得益彰。

香港人称浅水湾为"人间胜地无双景，天下名川第一湾"，亲历其境，信其然也！

迷人的太平山

太平山原来叫作扯旗山——从前海盗多，人们见海盗来，便登山扯旗为号，故名。后来海上平靖，天下太平，便改作太平山。

黎明时分上山，晨风轻柔似水，绿树氤氲如烟，山间有空中缆车，乘缆车登山如飞鸟腾空，半山富家别墅千姿百态如繁花朵朵，山腰有一座西班牙式与中式珠联璧合的四层楼房，导游杨小姐说，那是一位豪商的藏娇金屋，里面每层楼住着一位太太，虽同居一楼，门户却各不相通，这也可谓香港一绝。

山中有司徒拔道瞭望台，瞭望台旁边有一石，亭亭玉立如秀女临风，人称姻缘石，问其缘由——原来，石中有一缝，据说游人燃香其间，在烟雾漫漫之中，男可见未婚妻容颜，女可见未婚夫面目，难怪石缝四周香烟缭绕，红男绿女翩然而来，络绎不绝。

山顶有狮子亭，精工细致，古色古香，立亭上，高楼如云，碧水如带，维多利亚湾风光尽收眼底，实在美丽极了。据说狮子亭设有狮子会——这是一个由知名人物、热心人士形成的世界名人组织，旨在发展社会福利事业，亭上有对联写道：

登斯亭而北顾，九龙豪气接中原
窥万物以东瞻，万马奔腾来大海

一夜，同学 C 君来探望我，问我香港何处最美，我答"太平山首屈一指！"陈君说："你看的是白日的太平山，倘夜游更佳！"

于是兴致勃勃驱车伴我前往太平山，一路上沿山柏油路似巨蟒盘旋，路面有石标如一线萤火，闪着柔嫩的绿光。c 君说，那是一块块猫眼石，按等距离打成路标，保证行车安全。山高约海拔四百米，全山碧汪汪的不见一尺裸土，绿化极好。

抵山巅，首先映入眼帘的是对山峙立的大东电报局发射台，如炬红灯在漆黑的夜空里闪烁着神秘的光芒。俯瞰山下，则东西南北，景观各不相同；港岛南部，无数灯火倒映水中，海面如坠宝石万顷，清风徐来，浮光跃金，著名的南丫发电站和置富花园居民小区静卧在美丽璀璨的灯影里，仿若琼楼玉宇。

眺望香港北部，维多利亚港上，无数船舶灯光辉煌，如一串巨大的金刚钻胸针别在港口的胸襟上，仅次于鹿特丹的世界第二大港——葵涌集装箱码头亮晃晃如同白昼，据说这儿的集装箱吞吐量比全国所有集装箱码头吞吐量的总和还大。

中区是香港的心脏地带，东南亚和世界许多跨国公司的银行都设在这儿，它可以左右整个东半球的经济命脉，在这里，高楼林立，多姿多彩的霓虹灯珠光宝气，令人望之目迷五色。

回望东区走廊，高速公路密如星群的灯火像一尾硕大的金蛇，蜿蜒在港岛的东角落。过海的尖沙咀，灯火灿烂如万顷珠玉漫地，叫人分不清海洋和岛屿。不夜的香港岛是一位不睡的美人，从太平山上看夜美人，除尽览万般风情于眼下，还别有一番既辉煌艳丽又朦胧如梦的东方情调。

　　太平山有山顶公园，公园里草地茵茵如丝绒，松风飒飒似古乐，星月交辉，灯影明灭，好风如水，极清幽雅静，有情侣双双，偎依于石凳石栏，喁喁低语。万种柔情，弥漫山间。

　　香港具有太平山这样秀丽的山林并不稀奇，稀奇的是身居闹市的太平山居然如许清幽恬淡，温情脉脉，令人销魂。

　　太平山，憩息心灵的胜地，飞翔爱神的地方！

人生感悟

家

儿时，家是一把玲珑的金锁。

母亲用固执的爱，

锁住我的小手小脚，锁住我好奇的心。

我不会爬树，不会游泳，不会打野仗。

我怕黑夜，怕狗，甚至怕老鼠。

多堤防的河岸，常闹缺口，

富于温情的地方，盛产软弱。

啊，金锁！

长大了，我离开故乡，四海奔波。

家是一只美丽的蚌壳。

在静静的夜里，我常常思念母亲，温习着她的抚爱，她的叹息，她的啰唆……

在信里，在梦中，母亲常常含着泪呼唤我："回来吧，孩子！"

母亲的泪。会使我的帆沉重，却不能让我的船停泊。

正像珍珠，她是多么迷恋海洋——

为了存在的价值，却不能不离开蚌壳。

啊，蚌壳！

茶之死

也有壮烈而缠绵的死吗？

有的，那便是茶之死。

当初，在青山上，在朝晖夕岚里，她是怎样一位幸运的女儿哟！盈绿的青春，妩媚的笑靥，自由，洒脱……

不也可以选择嫁与东风么？她将舒坦平静地花开花谢，叶落归根……

可她却甘心把万般柔肠、一身春色，全献与人间。任揎、压、烘、揉，默默地忍受，从无怨尤；

在火烹水煎里，舒展蛾眉，含笑死去……

她的心中，不也有一滴苦涩的泪吗？这滴泪，却酿就了人世永存的甘甜清芬！

茶呵，海隅天涯，但有人迹处，何人不思君——

倘若你是黄叶飘零、空山寂寞的死，谁会记取你的芳名？

素　枕

我的一生，都和你永不分离——

相别只是短暂，相聚却是永远。

那些迷离的相思，那些晴朗的欢喜，那些或爱或恨的泪滴，那些或明或暗的心迹，那些纵使上帝也无法洞悉的幽梦之谜……只有你，默默地为我珍藏、珍藏着我平生大大小小的秘密！

当然，我无法和你分离，不只是为了你那无言的忠贞，远远地，不只如此——

只有大地，才知道它的山峰的分量；

只有你，才知道我的头颅的分量。

啊，终生的知己——

难得的是，你对我了解得这般彻底！

期　待

　　期待是一种美好的情感。花木期待春天，江河期待大海，情人期待幽会，游子期待还乡……人生有许多期待，美好的时光有时很短很短，期待的日子往往很长很长。用漫长的期待去换取心中的美好，是人类永不停息地追求、奋斗、繁衍的动力。

　　似乎早已有一份期待。在疏疏淡淡的鸿雁传书里，在异地他乡的失之交臂中，在午夜梦回的散漫情思里，似乎早已有一份期待。虽然，那一份期待也许是镜花水月，也许是夙世前缘。

　　莫说镜花水月虚无缥缈，莫说夙世前缘幽深莫测，白云化作甘霖，可以滋润万物；流水化作电力，可以照亮世界；期待一旦成为现实，如同花朵变为果实，果实孕育种子。种子是生命的延续，种子是永恒。

期待是两情默契，期待是智慧灵光，期待是辉煌乐章的序曲，期待是伟大创造的产床。

有期待的日子酸甜苦辣有滋有味，有期待的心情五彩缤纷阳光亮丽，有期待的人儿不知老之将至！

我寻找那一片绿叶

我寻找那一片绿叶，并排地写着两个名字的绿叶，在黎明。

我寻找那一片属于你和我的、不为他人所知的绿叶。与天地共存亡的绿叶，在初春。

拨开一丛丛灌木，寻过一棵棵花树，

那曾经幽期密约的地方，第三株野丁香的前面，我看到了一片绿叶——

是我寻找的那一片吗？

相似，又不似；不似，又相似……

难道，一秋风雨，那一片绿叶，便委身尘泥？

或许，它再生了，化作更鲜嫩的生命？

我寻找那一片绿叶。

寻找一个新陈代谢的美的永恒，

寻找一个新陈代谢的爱的永恒。

梦见了泰戈尔

初春的夜，美丽的梦，青草一般生长……

我看见东方伟大的诗翁泰戈尔老人，坐在他家的七叶树下；

而我呢，却化作了他家门前的詹波伽——印度圣树上的一朵金色花。

老人娓娓地、娓娓地朗诵，朗诵着他的《吉檀迦利》。

啊，那不是诗歌，那是仙乐！

伴随着美妙的仙乐，出现了广袤秀丽的孟加拉山川，走来了一个个柔婉娟美、惹人爱怜的印度女子，一群群天真烂漫、活泼聪慧的孩童……

"我把你（们）的事迹编成不朽的诗歌！"老人真诚地说。

我深深地感动了——

在诗人笔下，女人是天使，孩子是安琪儿，没有歧视、没有侮辱、没有桎梏……

"咦，这花心里的露珠多美！"老人放下诗集，走近我，抚摸着我金子一般的花瓣。

我多想告诉老人：

"先生，那不是露珠——为了您的《新月集》《飞鸟集》《吉檀迦利》……为了您深情歌唱女性和儿童的一片心意，我流泪了！"

可是，我说不出！

我多想告诉老人：

"先生，您的诗名，远远地超越了您的国界——全世界的母亲、孩子以及热爱他们的男人，都会记住您！"

可是，我说不出！

我多想握住老人的双手，对他说：

"先生，我不是詹波伽，我是一位中国女子！可我甘心做一朵金色花，永远立在您故居门楣。默默地、默默地，为母亲和孩子，留一树芳菲。"

可是，我不能！

初春的夜，美丽的梦，青草一般生长。

我看见了，看见了母亲和孩子永恒的朋友、慈祥的泰戈尔老人！

第一次读《红楼梦》

十岁那年，放暑假的时候。

我背着父母，躲在爬满紫牵牛花的阁楼上，第一次读脂本《红楼》。

那时，我还过于幼稚，生活环境也平和，并不懂得人间有儿女私情，天下有悲欢离合。可是，为了林黛玉的《葬花词》，我凄凄切切地哭了。

我上学的校园里，有一树高大的玉兰，春末夏初，洁白芬芳的花朵开满枝头，风过处，落英像雪片飘落。我在操场旁边挖了一个小沙坑，放学时，便将花瓣拣起，包在手绢里，将它们埋下。

这天真的模仿是多么可笑！可是，多少年过去，许多大事都忘怀了，这儿时的琐事，却总浮上心头……

《红楼》是一片大海，它给人的智慧和启迪，多如风帆、浪花、贝壳。可是，当我十岁的时候，它给我的第一次启蒙，便是"质本洁来还洁去，强于污淖陷渠沟"——

　　这洁身自爱、不随波逐浪、不同流合污的启蒙，像一条清澈的小溪，至今仍在我心上流着……

鹤望兰和旅人蕉

假日，十岁的真真和八岁的贝贝跟着姨姨来到植物园。

啊！植物园里的花草树木可多啦：郁金香、百合、紫罗兰、玫瑰、睡莲、剪边萝、鹦哥花、常春藤、蚁栖树、大王椰……真是美丽极啦！

小贝贝左瞧瞧、右看看，最后停在一盆花前，拍着手叫：

"姨姨快来，你看这花儿长得多像动物园里的仙鹤，那嘴儿尖尖、腿儿长长，还有一对翅膀，要飞起来了！"

"贝贝真聪明，这花就叫鹤望兰哪！原来生在非洲喜望峰上，它那金黄色的花瓣就是一只鹤，鹤嘴还衔着一根兰草呢！花挺好看，可惜没多少香味。"姨姨指着鹤嘴边墨蓝色的兰草，笑眯眯地说。

"这满园的花，我最喜欢它了！"贝贝围着鹤望兰转，舍不得走开。

走过一棵芭蕉树下，姨姨停住了。真真说：

"芭蕉树——我们这儿到处都可以看到，有什么稀罕！"

"不！这可不是普通的芭蕉。这是一种很值得尊敬的植物哩！"

姨姨仔细地向真真介绍：在炎热的非洲沙漠上，当长途旅行的人们干渴难忍的时候，幸运地碰上了它，只要割下一片叶子，那清凉的水珠便一串串地落到人们的嘴里，给人去暑解渴，给人重新上路的力量。所以，人们叫它旅人蕉。

"呵，旅人蕉是雷锋叔叔！"真真充满感情地仰望着旅人蕉：

"这满园的树，我最爱它了！"。

姨姨说："鹤望兰外表美，这当然叫人喜欢，旅人蕉长相平常，可它在人们需要的时候，献出自己，帮助别人。它叫人想起了美好的心灵……"

离开植物园的时候，贝贝和真真都说——

"满园子的花草树木，最美的要数旅人蕉了！"

落花生

谁不知道你呢? 落花生!

你这大不过盈寸、土头土脑的小不点呀! 旁的果子, 梨哟、苹果哟、枣哟、柿子哟……它们总是高高地站在枝头, 站在青山白云间, 站在金秋里, 炫着嫩绿, 炫着娇黄, 炫着红艳……它们为自己的贡献, 向世界, 骄傲地唱着瑰丽的歌!

而你, 落花生——

叶是不起眼的小绿点, 花是不起眼的小黄点, 果子呢, 干脆埋进地里, 羞怯得不敢抬起头来望人一眼。

可是, 当勤劳、质朴的农民, 从大地母亲的怀里找到你, 轻轻掰开你土黄色的外衣, 却发现, 那里面藏着红珊瑚一般美丽的心!

把丰美的果实奉献给人类，却从不显示自己的存在。

落花生，谁不喜欢你呢？

秋

风吹来，水也似的凉，咽了蝉鸣，低了泉声。小草尖儿，露出了金镶边；敏感的梧桐，一叶叶，离枝落地；人字大雁，驮着黄昏，姗姗而去……

啊，秋天！

我走在飒飒秋风里，我的思绪，浮沉于春红夏绿、花香鸟语……

伟大的造物主啊，你竟留不住一树碧色、一声莺啼！

惆怅，迷蒙有如游子依稀的乡愁，如亲人久远的别离，如一次消逝如梦却永难忘情的艳遇……

忽有菊的幽香，淡淡的，如一场春雨，洒遍我清寂的心。

啊，"虽惭老圃秋容淡，且看黄花晚节香"！

我欣欣然忽有所悟了：

何必眷眷于万紫千红呢——

不也有傲菊，为霜秋，孕着春意？

我想，到了人生的秋，我便做一朵菊！

迷　途

　　我有过一次雪中迷途的经验。

　　那是十来年前，一个初春的傍晚——

　　在太行山。为了一件急事，我从一座山村赶往几十里外的另一座山村。

　　上路时，还望得见山头上的一抹斜阳。走着走着，北风起了，夕照没了，雪花儿纷纷扬扬地下了。不多时，天地、山川、树木、村落浑然一色，灰蒙蒙地全改了平日模样。

　　我转呀转呀，终于走失了，走失在荒寂的太行深山里，走失在白雪创作的玉树琼花、银蛇蜡象的神奇世界里……

　　如果不是幸运地遇上了一位狩猎老人，也许，我早已变作一尊无知无觉的雪人，皈依了大自然……

从此，对于雪，我不再作轻浮的礼赞。虽然，它仍然是那样圣洁、轻柔、可爱！

　　我有过一次雪中迷途的经验。

　　从此，我分外警惕那白雪般的美丽的欺骗！

海 坟

东海上，有一座青石雕就的"鳌园"。它是闻名海内外的华侨领袖、爱国志士陈嘉庚先生安息的地方。

多像一朵盛开的睡莲，静卧在碧波粼粼的海面上……

我曾经在多少个春雨霏霏的三月，拜谒过这座美丽的陵园——轻轻地，撒下亲手采来的洁白花瓣，撒下我心中透明的思念……

先生，我们非亲非故，但从儿时，您便走进我的心间——

我曾经多少回看见您素服布履，浴着晨曦，肩着夕照，匆匆奔走在厦门海滨、集美乡间——您就是名扬天下的百万富翁？我童稚的心里，充满疑惑。

可是，您亲手创建的红墙翠瓦、鳞次栉比的集美学村、高楼林立、学子如云的厦大学府，证实了您的富有……

您归去了，十里灵车，泪浮长堤！

年年清明，数不尽的海外归鸥、海内桃李，云集陵前呼唤您。人们知道，您的魂灵，并没有归去——留在鳌园，化作了天风海涛，春阳夏雨……

我曾经好奇地走进您的卧房。斗室之中，一支折腿烛台、一把破伞、一口掉瓷茶杯——这就是一位豪商巨贾的全部遗产？我的眼角湿润了，感情不能自已。

先生，您富比陶朱，却清寒似水！您留下的，是一个民族无价的瑰宝——那一片光侵日月、辉映千古的爱国之心！

怪不得后人为您择冥居于海上——

不是大海，怎能容下您宽广无私的胸怀？

不是浪花，怎能为您编织长年不谢的花圈？

啊，鳌园，凡有海水处，谁人不知名——您，一面鲜亮的旗，飘在全球华侨华人的心间；您，一柱伟岸的碑，矗在中华民族的文明史上！所有骚动的物欲，在这儿得到沉淀；所有灵魂的污垢，在这儿得到涤荡；轩辕子孙的英风正气，在这儿得到光大发扬！

鳌园——大海里的墓园，净化心灵的圣殿！

紫荆花开的时候

　　年年春天，紫荆开花的时候，绯红的花，是绛色的蝴蝶；雪白的花，是玉色的蝴蝶。

　　去年春天，我卧病在床。窗外，绯红、雪白的蝴蝶，依然熙熙攘攘地挤满紫荆枝头；窗内，久染沉疴的我，感到了春的寂寞。这时候，她——一个平日沉默寡言、与我过从不多的友人，每日从紫荆树下为我携来红白相映的蝴蝶，插在蓄了清水的"碧螺春"瓶上。那一抹春色，叫人想起了许多敢于战胜严冬的不屈的生命。我，从中悟得了生趣、拾得了生机。

　　今年春天，紫荆花又盛开了。绯红、雪白的蝴蝶，一如往年地成群结队飞逐在大街小巷。一个晨曦映窗的黎明，身心俱健的我，轻轻地来到紫荆花前，挑了一只带露的白蝴蝶、一只含笑的红蝴蝶，送给她——那沉默而温存的友人。

这样的礼物也许太轻太小，但我想，它会化作绵绵的幽梦、娓娓的诗句，会化作片片彩霞，给友人的心房披上遮风挡雨的霓裳羽衣！

落　日

　　但凡在故乡逗留的日子，傍晚，我总喜欢信步海滩，去陪伴海上日落……

　　落日的气魄是伟大的，伟大得有如志士为国捐躯；落日的景象是壮丽的，壮丽得有如英雄含笑长眠……

　　每回看日落，总有一股凛冽之气、一派壮烈之感、一脉博大之情，滚滚海潮似的，冲击着我的灵魂……

　　我常常想起"亦余心之所善兮，虽九死其犹未悔"的投身汨罗的屈子；想起"不惜千金买宝刀，貂裘换酒也堪豪"的引颈就义的鉴湖女侠；想起"大江歌罢掉头东，邃密群科济世穷"的舍身治国的九州总理……他们像落日一般消殒了；他们的英灵，也像落日一般，积蓄着光能和热量，萌动着生机和希望，准备着黎明时刻的宏伟

瑰丽的再生……

　　有人说，落日像血，像火，像即将凋谢的玫瑰……

　　在我眼里，落日，却是一颗硕大无朋的心——她为人类无私地操劳终日之后，从云峰雾岭之巅，默默地落下，回到大地的胸膛去了……

夏　天

我特别喜欢夏天。

夏天，柔嫩的春成熟了，化作了大地山川蓬蓬勃勃的、无遮无拦的壮绿，它使人想起了美好的青春，那任何台风暴雨也摧毁不了的如火如荼的年华啊！

夏天，根在创造、茎在创造、叶在创造、花在创造，动物在创造，人类在创造，大自然的一切生灵，都在创造——为了秋的果实，他们不惜献出自身的一切。这令人崇敬的创业者的季节啊！

夏天的晚上，月牙儿鲜美有如一只熟透了的香蕉；墨水晶般的海面，三角帆摇着醉人的小夜曲；一株株华盛顿棕榈，是一座座幽会的凉亭；忽明忽灭的萤火，映着彩蕈一般的花裙；风是柔软的，像情人的手，空气是清甜的，如柚子花飘落……

夏天，有血汗与骄阳的拼搏，有给予和创造的欢欣，有花中的密约，有月下的轻歌……

没有一个季节，热与凉、动与静、艰苦与欢乐、奋斗与享受，这般对立，又这般调和！

人生啊，要能像夏天那样丰满，该有多好！

世 界

一

当年，我是多么稚嫩！

四月黎明，邀集了小伙伴，驾一叶舢板去旅行。

踏上海路，我们扬起蓝色的手绢纵情欢呼：

去圣爱伦岛！去好望角！去黄金海岸！去北冰洋！去南极洲……

脚下是海，头上是天，海天之间，我们是骄傲的人——

是下西洋的郑和！是探索新大陆的哥伦布！是祖国的大无畏的儿子！

并不曾想过，海上也有风暴，天空也有雷电！小船呢，又是蛋壳一般脆弱。

那时候，初阳如金橙，朝霞似玫瑰。心很大很大，世界很小很小。

二

后来，我走上了人生。

一个阴沉的四月黄昏，母亲悄悄用手背揩落苍白的泪花，送我搭火车去远行。

一只孤雁，流落在异乡偏远的山窝。

荒芜了思维的幽径，流失了青春的水土，遗忘了蔷薇色的爱情，疏远了人世五彩缤纷的欢乐……

望着山里烟岚萦绕的天，天边朦朦胧胧的月亮，寂寞像一只蝎子，蜇痛了我尚未麻木的神经……

几时，能重见儿时的半截彩笔、一册描红呢？哎，这奢侈的心愿！

苦雨凄风、天灰云暗的四月哟！世界很大很大，心却很小很小。

三

如今，人到中年。

温馨的四月之夜，湿润的星星，有如爱人的明眸，温存地遥望我并没有疲乏的眼神……

不必再驾着舢板去旅行了，可以乘坐气垫船、三叉戟……

不必再望月山中了，可以欣赏彩电、三用机……

更不必再担忧砭骨的严寒了。天地葱茏，艳阳如酥，绿风如绸……

已是春暖花开时节。可我，却无法安享人生——

有如一头春牛，我的职责是耕耘！

祖国辽阔的版图啊、抛荒多年的田野，我们这一代正艰难地，一步一串汗水地跋涉——

春天里失落的，要在春天里寻回！

春潮拍岸、千帆竞发的四月呵，此刻，世界有多大，我的心就有多大！